꼬마
귀신들

꼬마 귀신들

서해문집 청소년문학 027

초판 1쇄 발행 2023년 8월 25일

지은이   아밀 박서련 남유하 함윤이
펴낸이   이영선
책임편집   차소영

편집   이일규 김선정 김문정 김종훈 이민재 김영아 이현정 차소영
디자인   김회량 위수연
독자본부   김일신 정혜영 김연수 김민수 박정래 손미경 김동욱

펴낸곳 서해문집 | 출판등록 1989년 3월 16일(제406-2005-000047호)
주소 경기도 파주시 광인사길 217(파주출판도시)
전화 (031)955-7470 | 팩스 (031)955-7469
홈페이지 www.booksea.co.kr | 이메일 shmj21@hanmail.net

ⓒ아밀 박서련 남유하 함윤이, 2023
ISBN 979-11-92988-23-8 43810

서해문집
청소년문학
027

꼬마 귀신들

아밀

박서련

남유하

함윤이

서해문집

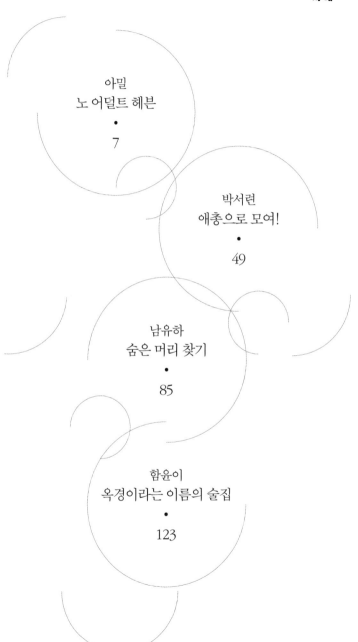

노 어 덜 트 헤 븐

아
밀

◇

아밀

소설가이자 번역가, 에세이스트. '아밀'이라는
필명으로 소설을 발표하고, '김지현'이라는 본명
으로 영미문학 번역가로 활동하고 있다. 단편소
설 〈반드시 만화가만을 원해라〉로 대산청소년
문학상 동상을 수상했으며, 단편소설 〈로드킬〉
로 2018 SF 어워드 중단편소설 부문 우수상을,
중편소설 〈라비〉로 2020 SF 어워드 중단편소설
부문 대상을 수상했다. 소설집 《로드킬》, 산문집
《생강빵과 진저브레드》 등을 썼으며, 《그날 저녁
의 불편함》, 《끝내주는 괴물들》, 《조반니의 방》,
《프랑켄슈타인》, 《인센디어리스》 등을 우리말
로 옮겼다.

"하나님의 나라는 어린이들의 것이니라. 나를 받아들이듯이 어린이를 받아들여라. 분명히 말하건대, 너희가 생각을 바꾸어 어린이와 같이 되지 않으면 결코 하늘 나라에 들어가지 못할 것이다."

예수는 그렇게 말했다. 늘 그랬듯이 예수는 완전히 진심이었다. 제자들이 혹여나 흘려들을세라 "분명히"라고 서두를 뗐고 "결코"라고까지 강조했다. 그리고 그 진심을 담은 가르침이 마태오와 루가라는 성인들에 의해 기록되었고 그 기록이 신약성경으로 집성되어 사람들에게 2000년 넘도록 전해 내려왔다.

한마디로, 신은 할 만큼 했다. 그런데 어른들이 그걸 멋대로 농담이라고 받아들였다. 어른들은 에이 아무리 그래도 설마 어린애들만 천국에 들여보내주진 않겠지, 하느님 믿으면 다 천국행이지 뭐, 그렇게 생각했다. 그들이 신의 말을 좀처럼 받아들이지 못하는 까닭은 내심 어른스러움이라는 가치를 중시하기 때문이었다. 몸이 크고 강하고, 아는 것이 많고, 쌓은 것이 많고, 자기들끼리 만든 규칙에 걸맞게 행동할 수 있고, 노동하는 능력 혹은 노동하지 않아도 자족할 수 있는 능력을 최고라고 여겼다. 그 가치관은 너무나 강력한 것이어서 어지간해서는 벗어날 수 없었다. 그들이 생각하기에 어린이란 인간이 미덕과 능력을 갖추기까지 거치는 과도기의 다른 이름일 뿐 독자적인 개인이 아니었고, 과도기 특유의 미숙함을 그들은 참아줄 수 없었다. 연약함, 시끄러움, 민폐, 의존성, 어리석음, 방종, 그런 것들이 그들을 화나게 했다. 무엇보다도 아이들을 가까이에서 대하다 보면 어른들 자신도 딱히 어른스럽지 못하다는 사실을 상기하기 일쑤였는데 그 또한 불쾌한 경험이었다. 그래서 어른들은 신의 말을 따라 마지못해 아이들을 키우면서 그들이 빨리 자기들과 같은 어른이 되기만을 바랐다. 그리고 그때가 오기까지 지상의 아이들은 어른들이 지정한 장소에서만 지내야 했다. 그 외의 장소에는 들어갈 수 없었다.

그러나 천국은 아이들의 나라였다.

천국의 아이들이 다 그렇듯 멜론은 자신이 어쩌다 천국에 왔는지 기억하지 못했다. 멜론이 아닌 원래 이름이 무엇이었는지도 몰랐다. 기억은 시름을 가져온다. 돌이킬 수 없는 과거에 대한 미련을, 후회를, 원망을 동반한다. 천국의 아이들은 아무것도 기억하지 못했다. 그러므로 행복했다. 아니, 행복과 불행을 분간할 필요가 없었고 그런 분별이 가능하지도 않았다. 천국의 아이들은 그저 순수한 자기 자신으로 존재했고, 그것은 신이 내린 가장 큰 축복이었다.

멜론은 맑은 에메랄드빛을 띠었고, 싱그럽고 달콤한 향기를 풍겼다. 부드러운 온몸 가득히 물기를 머금고서 반짝이는 물방울을 아낌없이 흘리고 다녔다. 멜론은 가장 따스한 햇살과 가장 시원한 그늘을 모두 가지고서 주변 아이들을 감싸주었다. 아이들은 자주 멜론을 먹으며 즐거워했고 그러면 그 아이들의 즐거움이 송골송골 맺혀 한데 모여 다시 멜론이 되었다. 아이들은 누구나 멜론을 좋아했고 그와 가까이 있고 싶어했다. 멜론은 자기 자신이 좋았다. 천국에서는 그 누구도 멜론에게 멜론이 아닌 이름을 붙이지 않았고, 여자라느니 남자라느니 나누지 않았고, 부모님에게 돈이 많고 적고나 사는 집이 넓고 좁고를 따지지 않았으며, 어른이 되면 거짓임을 알게 되는 가짜 지식들을 가르치지도 않았고, 이해할 수 없는 규칙을 따르라고 요구하지도 않았고, 그런 것을 따르지 않는다고 해서 때리거나 혼내지도 않았다. 그 상태는 너무나 당연해서 멜론은 지상의 아이들이 그토록 불합리한 일들을 견딘다는 사실을 들을 때마다 놀랐다.

천국의 아이들은 좋아하는 일을 하며 하루를 보냈다. 기타를 치는 아이도 있고, 컴퓨터 게임을 하는 아이도 있고, 꽃을 가꾸는 아이도 있고, 친구들과 날아다니며 별빛을 켜거나 끄며 노는 아이도 있고, 동물들의 말을 배우고 그걸로 책을 쓰는 아이도 있고, 천국의 곳곳을 크레파스 낙서로 뒤덮는 아이도 있고, 과자의 숲에서 수많은 종류의 과자를 따와서 그걸로 집을 짓고 친구들을 초대하는 아이도 있고, 천국의 가장 깊은 바다에 잠수해 산호들 사이에서 낮잠을 자는 아이도 있고, 개들과 술래잡기를 하는 아이도 있었다—모든 개는 천국에 왔는데, 왜냐하면 개들은 천사이기 때문이다.

멜론이 좋아하는 것은 옷이었다. 천국에는 온갖 신비로운 천들이 있었고 멜론은 그 천들로 마음껏 옷을 만들 수 있었다. 입은 사람의 감정에 따라 다른 빛깔을 띠는 옷, 움직일 때마다 플루트 소리가 나는 옷, 촘촘하게 짜인 물방울로 이루어진 옷, 무지개에 천사 날개의 깃털을 엮어 만든 옷, 보랏빛 금속을 주름잡아 지은 옷……. 멜론은 그런 옷들을 입고 다니기도 하고 친구들에게 입혀주기도 했다. 친구들을 모아 패션쇼를 벌이기도 했다. 천국에서는 아무도 어떤 옷이 남자 같다거나 여자 같다거나 야하다거나 기괴하다거나 나이에 안 맞는다거나 몸이 뚱뚱해 보인다거나 너무 말라 보인다거나 키가 작아 보인다거나 유행이 지났다고 흠 잡지 않았다. 멜론이 만든 옷들은 언제나 자기 자신으로 존재하는 천국의 아이들이 다른 무엇이 되어보며 놀 기회를 선사했고 그것은 즐거운 일이었다. 멜론은 패션쇼에 신을 초대하기도 했다. 신은 쇼를 지켜보며 밝게 웃었다. 멜론이 버드나무 가지로 짠 베에 아이들이 밤하늘에 쏘아올린 불꽃놀이의 불똥들을 하나하나 달아 장식한 옷을 신에게 선물하자 신은 마음에 쏙 든다며 멜론을 칭찬했다. 멜론은 신을 사랑했다. 신의 무릎을 베고 자는 낮잠을, 무엇으로부터든 멜론을 지켜줄 커다란 손을, 신에게서 풍기는 여름과 겨울의 향기를, 소탈하고 다정한 웃음소리를 사랑했다. 신의 품에 안길 때면 멜론은 기억나지 않는 지상의 슬픔조차 모두 씻기는 기분이 들었다.

그런데 멜론이 천국에 흐르는 강물의 윤슬로 옷을 짓고 있던 어느 날, 신이 지상의 슬픔에 대해 멜론에게 전했다.

"멜론아, 네가 할 일이 생겼어."

신이 언제나와 같은 부드러운 음성으로 말했다.

"뭔데요?"

"이번에 열릴 재판에 네가 증인으로 서야겠어."

멜론은 아, 하고 입을 열었다가 다시 다물었다.

천국에서 무조건 환영받는 아이들과 달리, 어른들은 들어오려면 재판을 받아야 했다. 악마들이 어른이라면 무조건 지옥에 데려가려 하기 때문이었다. 악마들은 신이 깨끗한 아이들의 영혼을 가져가니 어른들의 영혼은 자기 몫이라며 공소를 제기했다. 피고인이 악마와의 소송에서 이기려면 자신의 아이 같음을 증명해야 했다. 신 앞에서 자신이 어떠어떠한 이유에서 아이 같은지 자기 삶을 근거로 호소해야 했고, 그 주장을 뒷받침할 증인을 채택해야 했다. 주로 가족이나 친구를 골랐지만 만약 천국에 아는 사람이 없으면 지옥에서라도 불러왔다.

천국의 아이들에게는 모두 부모가 있었으므로, 부모님의 재판에 증인으로 불려가는 경우가 종종 있었다. 아니나 다를까 신이 이렇게 말했다.

"너희 엄마, 양희정의 재판이야."

멜론은 이 말을 예상했으면서도 당황했다. 엄마라는 사람이 있을 것이고 그렇기에 자신이 태어났다가 죽었으리라는 것은 알았지만 엄마의 존재에 대해 이제껏 깊이 생각해본 적이 없었다.

"엄마가 죽었군요."

"그래. 60세, 젊지는 않지만 그 시대에는 그리 늙었다고도 할 수 없는 나이에 죽었지."

"그분이 왜 저를 골랐을까요? 제가 엄마 삶을 지켜본 시간은 길지 않을 텐데요. 저는 열두 살에 죽었는걸요."

"글쎄다."

신이 빙그레 웃었다.

"선택은 네 몫이다. 너희 엄마의 증인이 되어주겠니? 너도 들어서 알겠지만 누군가의 증인이 되면 그 사람의 고뇌와 슬픔에 대해 속속들이 알게 될 뿐만 아니라, 그 사람과 엮인 네 삶의 기억까지 되살아나서 괴로워질 수 있어. 또 만약 엄마가 천국에 들어오지 못할 경우엔 너도 더 슬퍼질 수 있고."

멜론은 곰곰이 생각에 잠겼다. 그다지 내키지는 않았다. 지금의 생활이 충분히 만족스러웠고 부정적인 감정에 휩싸이고 싶지 않았다. 하지만 자신이 증인이 되어주기를 바라는 사람을 실망시키기가 꺼려졌다. 천국의 여느 아이들이 그렇듯이 멜론도 타인에 대한 연민과 의협심이 있었다. 자신을 필요로 하는 사람의 손을 뿌리치고 싶지 않았다.

어차피 심사 과정에서 떠오르는 기억과 감정들은 일시적인 것이고 변호인 역할이 끝나고 나면 다시 잊을 것이다. 멜론은 영원히 천국의 주민이었다. 어떤 일도 멜론의 영혼에 상처 하나 낼 수 없었다. 그렇다면 용기를 내지 않을 이유가 없으리라.

"하겠어요. 저도 도움이 되고 싶어요."

신이 멜론을 쓰다듬었다. 신의 손에 시원한 물기가 묻어났다.

"고맙다, 멜론아."

천국과 지옥의 중간층에 마련된 법원 대면실에서 엄마를 처음 마주했을 때 멜론은 자신의 결정이 올바른 것이었는지 의심스러워졌다.

"재훈아!"

의자에 앉아 있던 겨자색 페이즐리 무늬 옷차림의 여자가 멜론을 보자마자 일어서며 외쳤다. 여자, 희정의 주름진 얼굴에 자리 잡은 두 눈은 쌍꺼풀이 짙었고 짧은 머리카락은 밝은 회색이었다. 희정은 유난히 큰 눈에 눈물을 글썽이며 멜론을 바라보았는데 당장이라도 끌어안고 싶지만 알 수 없는 이유로 주저하는 듯 보였다.

"안녕하세요, 엄마. 저는 재훈이 아니라 멜론이에요. 보세요,

완전히 멜론이잖아요."

희정이 영문을 모르겠다는 듯 눈을 껌뻑이자 눈물이 굴러떨어졌다.

"무슨 소리니, 넌 재훈인데. 내가 낳고 내가 이름 지어준 재훈이. 이렇게 다시 만날 줄……."

희정이 쓰게 웃으며 눈물을 닦고는 말을 이었다.

"만날 줄 알고는 있었지, 너라면 틀림없이 천국에 갔을 거라고 생각했으니까. 그래도 오래 기다렸단다. 아주, 아주 긴 시간이었어……."

겨우 47년이? 천국에서 47년은 찰나에 불과했다. 멜론은 시간의 흐름을 몰랐고 그런 것은 중요하지도 않다고 생각했다.

몇 마디 나누지도 않았는데 엄마의 말을 하나하나 반박하고 싶은 신경질적인 충동과 더불어 이미 그런 행동을 너무 많이 한 듯한 피로감이 들었다. 불편한 감정들이 너무 낯설어서 멜론은 도망치고 싶어졌다. 하지만 그럴 순 없었다. 이미 돌이킬 수 없는 변화가 시작되고 있었다.

작고 어둑했던 미용실. 공기 중에 떠돌던 화학 약품 냄새. 거울 앞에서 헤어스프레이로 머리를 세우고 스팽글 셔츠에 나팔바지를 입고 손님들 앞에서 자랑스럽게 노래를 부른 재훈을 엄마는 혼냈다. 사내애답지 못하다고, 고추 떨어진다고 했다. 목사가 될 아빠 체면을 망가뜨리지 말라고도 했다. 수없이 느꼈던 익숙한 수치심. 그때도 그 전에도 후에도 재훈은 많이 울었다. 콧속 가득히 차오르던 눈물 냄새. 창문으로 비쳐들던 햇살 속을 떠돌던 먼지들. 엄마가 없는 집에서 재훈은 미용실에서 몰래 가져온 패션 잡지와 여성 잡지를 들춰보며 놀았다. 마음에 드는 사진들은 오려서 일기장에 붙였다. 언젠가 돈이 생기면 이렇게 저렇게 입어야지 하고 상상하며 시간을 보냈다. 텔레비전에 나오는 연예인들의 옷차림을 뜯어보았고 그중 누군가는 재훈의 우상이 되었고 누군가는 비판 대상이 되었다. 처음으로 친구들과 함께 지하철을 타고 인천을 용감히 벗어나―그래, 인천에 살았었다―머나먼 동대문에 간 날 벅차올랐던 마음을, 온 세상이 반짝이던 풍경을, 피곤한 줄도 모르고 밀리오레를 온종일 누비고 다녔던 시간을 어떻게 잊었을까. 재훈은 그런 모험을 더 많이 하고 싶었다. 런던에, 도쿄에, 바르셀로나에 가보고 싶었다. 좋아하는 애와 함께. 재훈이 처음 좋아한 애는 여자애가 아니라 남자애였다. 누구에게도 말하지 못했지만, 재훈 그리고 멜론조차 잊었지만, 외면할 수 없는 분명한 사실이었다. 재훈은 그 사실을 들키면 더욱 큰 수치심을 맛보게 되리라는 것을 본능적으로 알았다. 그래서 숨겼다. 일기장에만 적었다. 그 일기장을 엄마가 훔쳐보고 있었다는 사실을 알게 된 것은 나중의 일이었다.

나중의 일…….

재훈은 불쑥 말했다.

"엄마, 나는 여기서 잘 지내고 있었어."

"그렇지, 그렇지. 그래 보여. 엄마는 정말 기뻐. 네가 행복해져서……."

"엄마가 나타나지 않았다면 계속 잘 지냈을 거야."

엄마가 상처 받은 표정을 지었다. 재훈은 여기 오기 전까지만 해도 상상조차 하지 못했던 말들을 쏟아냈다. 기억은 고통을 불러왔고, 고통은 미움을 불러왔다. 이런 상태에서는 연민도 의협심도 발휘하려야 할 수가 없었다. 멜론 안의 재훈이 억울하다고, 분하다고, 그런 걸 베풀고 싶지 않다고 소리 지르고 있었으니까. 멜론은 이제 더 이상 본연의 멜론이 아니었다.

"왜 하필 나를 골랐어? 나를 불러내면 내가 엄마, 보고 싶었어, 엄마 사랑해, 이럴 줄 알았어?"

"재훈아……."

"아니면 용서 받고 싶었던 거야? 내가 엄마를 두둔해주고 변호해주면서, 엄마 행동에는 다 그럴 만한 이유가 있었다고, 내 입으로 그렇게 말해주기를 바랐던 거야? 나를 죽였으면서, 엄마가 나를 죽였으면서!"

엄마의 얼굴이 새하얗게 질렸다. 재훈은 내뱉은 말을 후회했지만 주체할 수 없었다.

둘 사이에 침묵이 흘렀다.

먼저 입을 연 쪽은 엄마였다.

"그런 게 아니야. 재훈아, 나는…… 엄마는……."

재훈은 기다렸다. 무엇을 기다리는지 몰랐지만 기다렸다.

엄마가 힘겹게 말을 이었다.

"너에게 미안하다고 말하고 싶었어. 생전에는 사과할 기회가 없었잖니. 그게 얼마나……."

엄마가 다시 숨을 골랐다. 페이즐리 무늬 위로 눈물이 후두둑 쏟아졌다.

"내 평생 얼마나, 얼마나 아팠는지 몰라."

재훈은 안도감을 느끼면서도 한편으로는 가슴이 싸늘해졌다. 엄마의 말버릇. 엄마의 자기연민. 너무나 잘 알았다. 엄마랑 같이 살 때는 그런 엄마가 불쌍했고 자신 때문에 엄마가 더 힘들어하는 것 같아서 미안했지만 지금 죽어서 이렇게 마주하고 보니 자신에게는 잘못이 없었다. 그건 그냥 엄마의 성격이었다. 먼저 떠나보낸 자식을 앞에 두고 자신의 아픔을 강조하는 엄마의 성격.

하지만, 그럼에도.

"미안해, 재훈아. 엄마가 정말 미안해."

그 말을 생전에도 사후에도 기다렸다는 것을 재훈은 듣고서야 깨달았다.

물론 사과 한마디로 모든 감정이 해결되지는 않았다. 재훈은 역시 이 일을 맡지 말걸 그랬다는 생각과 이렇게라도 엄마를 보고 사과를 듣게 되어 다행이라는 모순적인 생각을 하며 대면실을 나왔다. 이제부터 엄마는 천사들의 도움을 받아 진술을 준비

할 것이다.

재판에서 엄마는 뭐라고 말할까? 재훈의 죽음과 관련된 이야기도 할까? 하겠지. 그렇다면 어떤 식으로 말할까? 결국 엄마는 자신이 천국에 들어올 자격이 된다고 주장할 텐데, 재훈은 그 주장이 옳다고 증언해야 할까?

'나는 엄마가 천국에 들어오지 않기를 바라는 걸까?'

생각이 잘 정리되지 않았다. 급작스러운 기억의 홍수 속에서 갈피를 잡을 수 없었다. 엄마가 천국에 못 들어오고 악마에게 붙잡혀 간다면, 이 기쁨과 평화를 누리지 못하고 끝없이 계속되는 죽음을 겪게 된다면, 상상만 해도 슬펐다. 그런 걸 바라는 건 결코 아니었다. 하지만 엄마의 삶을 두둔하자니 마음속에서 거부감이 치밀었다. 재훈은 짧지만 결코 사소하지 않았던 한평생동안 엄마의 하소연을 들으면서 살았다. 엄마의 감정에 고개를 끄덕이며 자신의 감정은 감추고 억눌렀다. 엄마가 하자는 대로 했다. 그리고 죽었다. 죽어서도 그렇게 해야 하나?

재훈은 좋아하는 강가에 가서 둔덕에 앉아 물에 발을 담갔다. 반짝이는 윤슬이 재훈의 눈을 어지럽혔다. 얼마 전까지만해도 저 반짝임들로 옷을 짓고 있었는데, 바느질을 하면서 행복했는데, 그 행복이 별안간 아주 멀어진 듯 느껴졌다. 재훈은 자신이 만든 옷을 엄마가 보고 예쁘다고 해줬으면 하고 바라는 마음을 발견하고 그걸 강물에 집어던지고 싶어졌다. 엄마에게 더 많이 사랑받고 싶었는데, 엄마에게 사랑한다고 말하고 싶었는데, 살아 있을 때 그러지 못한 게 너무 슬퍼서 눈물이 났다.

신은 모든 것을 안다. 그러므로 어른들이 어떤 삶을 살았는지도 이미 알고 있었다. 그런데도 굳이 재판이라는 과정을 거치는 까닭은 어른이 자신의 삶을 어떻게 받아들이는지가 중요하기 때문이었다. 똑같은 삶을 산 사람이라도 법정에서 말하는 방식에 따라 판결은 달라질 수 있었다.

재판은 악마의 공소 제기와 그에 맞선 천사의 변론으로 이루어졌다. 천사는 피고인의 삶이 어떤 점에서 아이 같은지 논변하고, 악마는 거기에 대한 반론을 폈다. 그 과정에서 피고인의 진술과 증인의 증언이 필요했다. '아이 같음'이라는 게 과연 무엇인지에 대한 논쟁도 펼쳐지곤 했다.

인간 세상의 재판에서는 판사나 배심원에게 좋은 인상을 주기 위해 유리한 의상을 선택하는 것도 중요하다지만, 천국의 재판에서 그런 것은 필요 없었다. 신은 말하는 이들의 본질을 꿰뚫어보니까. 하지만 재훈은 좋은 옷을, 멋진 옷을 입기로 했다. 어쩌면 엄마를 마지막으로 만나는 자리일 수도 있었다.

감정에 따라 다른 빛깔을 띠는 옷? 이건 탈락이었다. 지금은 감정을 너무 적나라하게 드러내고 싶지 않았다. 움직일 때마다 플루트 소리가 나는 옷? 재판 중에는 정숙해야 할 테니 당연히 탈락이었다. 물방울로 짠 옷? 이건 예쁘긴 하지만 뭔가 임팩트가 없었다. 엄마에게 더 화려한 걸 보여주고 싶었다. 무지개에 천사 날개의 깃털을 엮은 옷? 그래, 이걸로 하자. 무지갯빛 새가 되고, 날아오르는 무지개가 되는 거야.

재훈은 무지개 깃털 옷을 차려입고 법정으로 들어섰다.

법정 곳곳에 앉아 있거나 잡담을 나누거나 뛰어다니는 아이들 너머로 엄마의 얼굴이 보였다. 이전에 봤을 때 흥분과 기쁨에 북받쳐 있었던 엄마는 지금 사뭇 다른 모습이었다. 눈빛은 초조해 보였고 입매는 긴장으로 굳어 있었다. 재훈과 눈이 마주치자 엄마는 웃어 보였는데 재훈은 그 웃음이 마음에 안 들었다. 정확히는 굳은 얼굴에서 웃는 얼굴로 그토록 순식간에 바뀌는 게 싫었다. 엄마는 재훈이 모은 잡지와 사진 엽서들을 버리며 공부나 하라고 화를 냈다가, 순식간에 세상에서 가장 불쌍한 자신의 처지를 하소연하며 눈물 짓다가, 또 순식간에 웃으며 재훈을 살갑게 대하곤 했다. 생전에 재훈은 그 변덕을 두려워했다.

엄마 옆에는 근엄한 얼굴의 보르조이 천사 한 명이 앉아서 무언가가 빼곡히 적힌 두루마리를 읽고 있었다. 또 그 맞은편에는 푸른 얼굴에 검은 입술을 가진 악마가 차갑고도 탐욕스러운 눈으로 엄마를 보고 있었다. 악마를 본 순간 재훈은 소름이 돋았다. 저자에게 엄마를 보낼 수는 없다는 생각이 들었다.

이윽고 신이 들어왔다. 신은 언제나처럼 온화한 미소를 짓고 있었다. 신이 판사석에 자리를 잡고 "얘들아, 이제 자리에 앉고 조용히 하자"라고 말하자 장난치고 떠들던 아이들이 삽시간에 고요해졌다. 두려움이 아니라 아름다움 때문이었다. 아이들은 아름다움에 감탄할 줄 알았고, 그래서 신을 보면 숨을 죽였다.

"공판을 시작하겠다. 지옥 측은 피고인 양희정의 영혼이 지옥에 가야 하는 이유를 말하라."

악마가 일어서서 낮고 섬짓한 목소리로 말하기 시작했다. 재훈은 신경을 곤두세웠다.

"피고인은 60세를 일기로 사망했습니다. 아이다움을 한참 벗어난 나이이지요. 평생 동안 결혼하지 않고 혼자 살면서 억척스러워졌습니다. 선악과를 따 먹었던 선조와 같이 오만해져, 제 능력과 판단력이 제일인 줄 알고 살았습니다. 전형적인 어른이라 할 수밖에 없지요. 더구나 혼외 관계로 자식을 낳아 길렀으니, 이는 결혼으로 남녀 간 축복 받은 합당한 관계를 맺지 않고 육욕을 탐한 죄입니다. 자식이자 여기 증인으로 있는 임재훈을 하느님 곁으로 보낸 이후에는 방탕하게 시간을 흘려보내며 몸을 더럽혔고 더욱 교만해졌습니다. 예수는 분명히 '어린이와 같이 자신을 낮추어야' 천국에 들어갈 수 있다고 했습니다. 피고인은 스스로를 낮춘 일이 없으니 반드시 지옥에 가야 합니다."

재훈은 머리가 아찔했다.

엄마가 결혼하지 않았다고? 아빠와 부부 관계가 아니었다고? 재훈은 전혀 몰랐던 사실이었다. 게다가 엄마는 억척스럽고 자기중심적인 면이 있었지만 그런 면만 있는 것은 아니었다. 놀라울 만큼 재훈에게 헌신적이었다. 그 헌신이 잘못된 방향이었을지라도. 악마의 말은 편향되어 있었다.

재훈은 끼어들어 반박하고 싶었지만 다행히 그럴 필요는 없었다. 천사의 변론이 이어졌기 때문이다.

"지옥 측은 하느님의 뜻을 왜곡하고 있습니다. 예수님이 그렇게 말씀하신 것은 천국에 들어가기 위해 '위대한 사람'이어야 할 필요가 없으며, 오히려 어린이처럼 '낮은 사람'이어야 한다는 뜻입니다. 지위가 낮고 취약하며 가진 것 없는 사람들이야말로 자격이 있다는 말입니다. 그런 의미에서 피고인은 지극히 아이 같다고 할 수 있습니다."

"피고인 양희정은 고아로 보육원에서 자랐습니다. 남들처럼 의지할 수 있는 부모 없이, 열악한 보육원 환경에서 선생들의 구박을 감당해야 했지요. 이불에 오줌을 쌌다고 얻어맞고 짓밟히고, 반찬 없는 소금밥을 먹거나 그나마도 못 먹고 굶기 일쑤였고, 겨울에 찬물로 손빨래를 하고 싸늘하게 얼어붙은 옷을 걸치고 다녔습니다. 폭행에 시달리던 남자아이들은 체구가 작고 예쁘장한 피고인을 성희롱하며 분풀이했습니다. 처음에는 가엾은 아이들에게 하느님의 은총을 베풀고자 했던 선교사에 의해 세워진 보육원이었으나 뜻은 변질되었고, 피고인은 결국 그곳을 탈출해 식모살이를 전전했습니다. 그토록 힘겹고 오갈 데 없는 유년을 보내며 피고인은 하느님이 길을 밝혀주시리라는 희망 하나에만 의지해 살았습니다. 그러던 중 피고인의 신실함을 눈여겨본 한 기독교인 집안에서 그를 식모로 들였습니다. 건설회사를 경영하는 사장과 그 아내, 그리고 세 아들로 이루어진 집안이었습니다. 피고인은 그중 둘째 아들, 임우성과 사랑에 빠졌습니다."

방청석에서 지켜보던 아이들 몇몇이 "불쌍해요"라고 외쳤다.

여기까지는 아는 내용이었다. 지긋지긋하게 들은 이야기이기도 했다. 엄마가 재훈을 낳아 키우기까지의 역경이 너무 험난해서, 재훈은 엄마의 불행에 압도되었다. 비빌 언덕 하나 없이 세상의 풍파와 폭력을 맞닥뜨려야 했던 엄마에 비하면 재훈은 감사해야 할 형편이었다. 재훈에게는 (얼굴 한 번 보기 힘들었어도) 아빠가 있었고, 어떻게든 먹여주고 입혀주고 재워준 엄마가 있었으니까. 공부도 운동도 무엇 하나 잘하는 것이 없다고 구박당하고, 좋아하는 옷을 입을 수 없고, 또래들과 잘 어울리지 못해 외롭고, 동성 친구를 좋아한다는 것을 누구에게도 말 못 하는 괴로움 따위는 다 하잘것없는 것이었다.

재훈은 엄마를 흘긋 돌아보았다. 엄마는 처연한 얼굴을 떨구고 있었다.

악마는 따분한 표정을 지으며 펜 끝으로 종이를 톡톡 치고 있었다.

그런데 뒤이은 천사의 이야기는 재훈이 처음 듣는 것이었다.

"하늘과 땅, 천국과 지옥, 생과 사의 모든 것을 주관하시는 주께서는 아실 것입니다. 피고인에게 자신을 보호해줄 사람이 얼마나 필요했을지. 아무리 하느님께서 지켜주리라는 믿음이 있었어도 피고인은 어쩔 수 없이 연약한 어린아이 같아 하염없이 불안하고 두려웠습니다. 죄는 그런 그를 달콤한 말로 꾀어내 임신시킨 임우성에게 물어야 할 것입니다. 그는 남편이자 아비로서 책임질 생각도 없었습니다."

재훈은 입을 떡 벌린 채 엄마를 쳐다보았다. 엄마는 시선을 피했다.

"임우성의 모친은 천애고아인 피고인과 아들을 결혼시킬 의사가 없었습니다. 그래서 피고인을 내쫓고 양육비만 쥐어줬지요. 피고인은 마침내 찾았다고 생각했던 반려에게도 버림받고 홀몸으로 자식을 키우며 살아야 했습니다. 그 자식의 증언을 요청합니다."

천사의 말에 신이 고개를 끄덕였다.

"허락한다."

재훈은 바짝 긴장했다.

"증인 임재훈에게 묻습니다. 증인은 아버지를 본 적이 있습니까?"

천사의 질문에 재훈은 기억을 돌이켰다.

"음……. 세 번……? 네 번이었나……? 그 정도였던 것 같아요."

"언제였는지 기억하나요?"

"아주 어렸을 때 언젠가 크리스마스 날, 초등학교 입학식 때, 그리고……."

재훈은 말꼬리를 흐렸다.

"잘 모르겠어요."

"왜 아버지가 곁에 없다고 생각했나요?"

"엄마는 아빠가 다른 나라로 선교를 갔다고 했어요. 하느님 부름을 받아서 먼 데로 말씀 전하러 갔다고요. 그래서 아빠에게 부끄럽지 않은 아들이 되어야 한다고 했어요."

"증인의 아버지인 임우성은 증인이 태어났을 당시 신학대생이었고 이후 부산에서 목회 활동을 했습니다. 다른 여자와 결혼해서 두 딸과 아들 하나를 낳았고요. 이 사실을 알고 있었습니까?"

"……아뇨, 몰랐어요."

"어머니가 왜 증인에게 거짓말을 했다고 생각하나요?"

그건 제가 묻고 싶은 질문인데요.

재훈은 그렇게 생각하며 엄마를 돌아보았다. 엄마는 페이즐리 무늬 치마를 말아 쥐며 재훈을 마주 보았다. 엄마의 눈은 재훈이 다 읽을 수 없는 감정으로 일렁거리고 있었다.

"아마……."

"아마?"

"제가 아빠 없이 자란 아이라고 손가락질 당할까 봐 그런 게 아닐까요. 또…… 제가 아빠에게 버림받았다고 하면…… 슬퍼했을 수도 있으니까요."

하지만 재훈은 아빠에게 버림받은 슬픔이 무엇인지 상상이 잘 안 됐다. 아니면 이미 그런 슬픔에 익숙해졌던 것인지도 몰랐다. 재훈이 아무리 아빠가 선교사라고 주장해도 아이들은 재훈에게 아빠가 없다고 놀렸다. 재훈은 아빠의 빈자리를 실감할 때마다 속상했지만, 그렇다고 해서 아주 가끔씩 아빠를 보는 자리가 반갑지는 않았다. 아빠는 재훈을 서름서름하게 대했고 평가하는 듯한 시선으로 훑어보았다. 재훈은 아빠를 무서워했고 늘 자신이 부적격하다는 느낌을 받았다.

"피고인에게 묻습니다. 증인의 말을 어떻게 생각합니까?"

엄마가 애처로운 눈길로 재훈을 일별하고는 대답했다.

"저 애 말이 맞아요. 놀랍네요……. 부끄럽고요."

"아이를 위해서였군요."

"네."

"그러려면 다른 사람들에게도 늘 거짓말을 해야 했을 텐데요."

"그렇지요. 유치원 선생님, 학교 선생님, 이웃 아줌마들……. 미용실을 차리고 나서는 손님들에게도 거짓말을 해야 했어요. 하느님께 부끄럽지만…… 아이가 저처럼 사람들에게 멸시당하는 건 원치 않았으니까요."

"그게 잘 먹혔나요?"

엄마가 잠시 침묵하더니 고개를 저었다.

"결국 사람들은 입방아를 찧었어요. 애 아빠가 바람난 거 아니냐, 사생아를 낳은 거 아니냐……. 그래도 아이 아빠와 연락은 주고받고 있었고, 입학식 같은 날에는 오게 해서 그런 의문을 좀 해소했지요. 하지만…… 제가 고아가 아닌 척하려고 부모님과 언니와 친척 이야기를 지어냈는데, 그게 앞뒤가 안 맞았어요."

엄마는 고개를 푹 숙였다.

"저는 가족이 있어본 적이 없어서, 그래서, 어떤 게 정상적인 가족인지, 부모 밑에서 자라는 게 어떤 경험인지 몰라요. 제 거짓말들은 곧 들통났고, 사람들은 뒤에서 흉을 봤지요……."

"사람들과 섞이기가 힘들었겠군요."

"네. 다른 엄마들은 자기 자식들한테 재훈이랑 놀지 말라고 했고요. 단골이었던 손님들은 다른 미용실로 옮겨 가서 제 험담을 퍼뜨리곤 했어요. 저를 만만하게 본 남자들이 성추행도 했고……. 그러다 크게 믿고 의지했던 언니한테 사기까지 당하고 나서는, 사람들을 못 믿게 됐어요. 저 자신과 하느님만 믿었지요……."

"정말 힘들었겠군요. 잘 알겠습니다."

천사가 길쭉한 얼굴을 신에게로 돌렸다.

"자애로우신 하느님, 천애고아라는 이유로 임우성과 그 집안으로부터 버림받고 혼자 자식을 키우며 살아야 했던 피고인은 억척스러워질 수밖에 없었지만, 강한 척했을 뿐 끝까지 취약한 아이나 마찬가지였습니다. 또한 고아이자 미혼모라는 신분으로 사회적으로 천대받았으니 낮은 사람이라 하지 않을 수 없습니다. 하느님, 피고인을 굽어살피셔서 지상의 부모에게 버려졌던 한 생명을 거두시고 천국의 무한한 안식을 누리게 해주십시오."

재훈은 법정 중앙의 재판관석을 올려다보았다. 신은 무감한 눈빛으로 천사와 엄마를 보고 있었다. 다정하고 친근하게만 느껴졌던 신의 얼굴이 처음으로 섬뜩해 보였다.

신이 악마에게로 눈길을 돌렸다.

"지옥 측은 천국 측의 주장에 대해 이견이 있는가?"

악마는 씩 웃으며 고개를 조아렸다.

"있습니다, 하느님. 그 전에 먼저 피고인에게 질문을 하고자 합니다."

"허락한다."

악마는 여전히 웃음 띤 얼굴로 엄마에게 가까이 다가섰다. 엄마는 두려운 듯 떨고 있었다. 재훈은 엄마의 곁에 가서 손을 잡아주고 싶은 충동이 들었다.

"피고인은 임우성과 결혼하지 못했고, 그 집에서 하던 식모 일도 그만두고 쫓겨나야 했습니다. 그러면 무슨 돈으로 자식을 키웠습니까?"

엄마가 쉰 목소리로 말했다.

"……우성 씨와 그 모친이 양육비를 줬습니다."

"왜지요?"

"그야, 아무리 그래도 핏줄이니까……."

"만약 딸이었다면 그래도 돈을 줬을까요?"

엄마는 잠시 침묵했다. 그 침묵이 아주 길게 느껴졌다. 그러더니 결국 천천히 고개를 저었다.

"재훈이는…… 산부인과 검사에서 아들이라고 나왔어요. 그 사람들이 재훈이를 뒷받침해주기로 한 데에는 아무래도 그 영향이 컸겠지요."

재훈은 긴장해서 손을 그러쥐었다.

"그렇군요. 당시 한국에는 남아선호사상이 팽배해, 딸을 임신하면 집안에서 낙태를 종용하는 경우가 많았지요. 여아 낙태 문제가 어찌나 심각했던지 87년에는 태아 성 감별과 고지가 불법이 되기에 이르렀습니다. 피고인이 임재훈을 잉태했을 때는 그 법이 제정되기 직전이었고요. 피고인은 만약 의사가 임재훈을 아들이 아니라 딸이라고 했다면 키울 수 있었으리라고 생각하십니까?"

엄마가 한숨을 쉬었다.

"아뇨. 양육비 없이는 아무래도, 저는…… 제 한 몸 건사하기에도 버거웠으니까요. 반면 아들은 돈을 받을 수 있었고, 미래에 대한 기대도 걸 수 있었고……."

"기대라, 어떤 기대를 말하는 거죠?"

"글쎄요, 아이가 장차 어른이 되면 의지할 수 있을 것 같았고…… 또 우성 씨가 자기를 빼닮은 재훈이가 자라는 걸 보면 결국 핏줄에 끌려서, 저를 받아줄 수도 있을 거라고 생각했어요. 그때만 해도 저는 우성 씨가 기독교인으로서 동정심 많은 사람이라고, 집안의 반대 때문에 저와 결혼하지 못하고 재훈이를 합법적인 자식으로 키우지 못하는 것을 미안해한다고 믿었으니까요. 그러니 시간이 흐르면…… 시어머니를 설득할 수만 있다면…… 가능할 거라고 생각했지요. 꿈에 그리던…… 꿈에 그렸던, 내 가족을 꾸릴 수 있을 거라고요."

"게다가 임 씨 집안은 부유하기도 했지요. 그런 집안 며느리가 될 수만 있다면, 시쳇말로 '팔자 펼 수 있으리라'는 기대도 있었겠군요."

엄마가 주저하며 대답했다.

"그, 그렇기도 했습니다."

"그 모든 꿈은 재훈이 아들이어야 가능했던 것이고요."

"……네."

"좋아요, 이제 증인 신문을 요청합니다."

재훈은 있지도 않은 심장이 목구멍으로 튀어나올 것 같았다. 하느님이 야속하게도 고개를 끄덕였다.

"허락한다."

"증인 임재훈에게 묻습니다. 증인은 피고인이 지금 털어놓은 이야기들을 알고 있었습니까?"

이건 악마의 간계다. 분명히 함정이 있다. 신중하게 대답해야 한다. 엄마에게 불리하지 않도록……. 그러나 거짓말은 할 수 없었다. 모든 것을 알고 있는 신 앞에서 어차피 거짓말은 안 통했다. 재훈은 온 신경을 곤두세웠다.

"몰랐어요."

"그러면 피고인이 증인에게 걸었던 기대들도 몰랐겠군요?"

"네. 아니, 아뇨. 하지만 엄마의 기대가 크다는 건 알고 있었어요. 엄마는 제가…… 훌륭한 어른이 되기를 바랐어요. 엄마가 힘들게 살았던 만큼 저는 고생하지 않기를 바랐고요. 그리고 엄마에게는 저 하나뿐이었으니까, 엄마는 저를 위해 엄청나게 노력했으니까, 그만큼 제가 잘 되었으면 했고요."

악마가 작게 혀를 찼다.

"어린데도 어른처럼 말하는군요. 어려서부터 엄마 입장을 헤아리는 버릇이 들었기 때문이겠지요."

재훈은 마음이 복잡해졌다.

"저는 그냥 사실을 말했을 뿐이에요."

"여러모로 '정상적인 남자아이'로 자라야 했을 텐데, 그게 힘들지는 않았나요?"

말문이 막혔다.

힘들었다. 당연히 힘들었다. 재훈은 어려서부터 여느 남자아이들과 달랐다. 요도가 너무 밑에 있어서 서서 소변을 보기가 힘들었다. 아이들은 재훈이 계집애처럼 앉아서 오줌을 눈다고 놀렸다. 재훈은 또 분홍색을 좋아했고, 인형 옷 갈아입히는 것을 좋아했다. 몸이 작고 가늘었고 부끄러움이 많았고 툭하면 맞고 다녔다. 엄마는 재훈이 자꾸 앉아서 오줌을 눈다고 화를 내고—왜 그러는지는 묻지 않았고, 재훈도 창피해서 말하기 어려웠다—억지로 검도장에 보냈다. 엄마가 무서워서 버텨내며 5급까지 땄지만, 호구를 쓰고 겨루기 순서를 기다리고 있노라면 숨이 잘 쉬어지지 않았고 속이 울렁거려서 토할 것 같았다. 정말로 토해버린 날 아이들이 질겁하며 달아났던 것, 저마다 코를 싸쥐고 야유했던 것이 선명히 떠올랐다. 울면서 집에 돌아와 검도를 그만두겠다고 한 날 엄마는 야단을 쳤다. 네가 이러면 내가 욕 먹어. 고아라서 하자 있는 애를 낳았다고, 애 제대로 키울 줄 모른다고 욕 먹어!

물론 이런 식으로 말하면 엄마에게 불리할 것이다. 이 신성한 법정에서 엄마를 나쁜 엄마로 만드는 짓이 될 것이다. 결국 재훈은 생전에 수없이 했던 생각을 고스란히 입에 올렸다.

"힘들었어요. 하지만…… 엄마가 저 같은 애를 키우느라 더 힘들었을 거라고 생각해요."

악마가 검은 눈썹을 치켜올렸다.

"'저 같은 애'라는 게 무슨 뜻이죠?"

그 순간 재훈은 이해할 수 없을 만큼 강렬한 서러움이 왈칵 북받쳐 올랐다.

재훈은 입을 어물거리며 숨을 고르다 결국 눈물을 먼저 토해냈다.

주체할 수 없이 흐느끼던 재훈이 힘겹게 말을 쥐어짜냈다.

"남, 남자도, 여자도, 아닌 애요."

방청석의 아이들이 웅성거렸다.

천국에는 성이 없었다. 생식도 없었다. 생전의 기억이 없는 아이들은 성별이라는 불가해한 지상의 개념으로 그들의 친구가 그토록 고통스러워하는 것을 이해하지 못했다. 그들에게 재훈은 순수히 멜론일 뿐이었다. 그럼에도 그들은 친구를 위로해주고 싶어했다.

아이들이 재훈에게 몰려와 안아주고 다독여주는 동안 신은 재판을 중지하고 기다려주었다. 악마는 참을성 없는 표정으로 상황을 지켜보았고, 천사는 엄마와 무언가 논의를 나누었다. 재훈은 친구들의 손을 맞잡고 마음을 진정시켰다.

재판이 재개되었다. 악마가 헛기침을 하고 입을 열었다.

"지상의 모든 것을 빚으신 하느님, 보십시오. 증인은 자신의 성별이 불명확하다는 사실로 극도의 고통에 시달리고 있습니다. 본래 그것은 고통스러울 일이 아닙니다. 하느님은 수컷과 암컷이라는 두 가지 분류로 말끔히 나뉠 수 없는 수많은 생명체를 창조하셨듯 인간도 그리 만드셨습니다. 그것은 지극히 자연스러운 일입니다. 그럼에도 증인은 자신이 여성도 아니고 남성도 아니라는 것을 심각한 결함으로 받아들이고 있습니다. 누가 그렇게 만들었을까요? 어리석은 인간들의 사회가? 물론 그도 그렇지만, 일차적으로는 그 어미인 피고인에게 책임이 있다 해야 할 것입니다!"

악마가 엄마를 손가락질했다. 엄마는 어깨를 잔뜩 움츠리고 있었다.

"피고인은 증인이 일반적인 사내아이답지 않다고 괴롭혔습니다. 하느님이 부여한 자식의 자연스러운 성정을 억압하고, 자신의 평판과 실리에 유리한 방식으로 자식을 주물러 키우고자 했습니다. 순진하고 엄마를 사랑하는 아이였던 증인은 그 모든 일이 자기 잘못이 아니었음에도 엄마를 힘들게 하는 자기 탓이라고 자책하기에 이르렀으니, 어찌 마음이 아프지 않겠습니까? 천국 측은 피고인이 아이 같다는 이유로 비호하지만, 피고인은 분명히 어른이었고, 어른으로서의 책임이 있었습니다. 어른이 어른답지 못하면 그 아래에서 자라는 아이가 아이답지 못하게 됩니다. 이것이야말로 비극입니다."

그만, 그만하세요. 재훈은 그렇게 외치고 싶었지만 말이 나오지 않았다.

"그뿐만이 아니었습니다. 증인이 열두 살이 되었을 때에야 요도하열 문제를 제대로 인지하게 된 피고인은……."

그만.

"증인을 병원에 데려가 검사를 받게 하고 선천성 부신 증식증이라는 진단을 받아냈습니다. 즉 외부 생식기는 남성처럼 보이지만 몸속에는 난소와 난관과 자궁이 있는 몸을 가졌다는 것을 알게 된 거죠."

그만.

"평생 자식을 아들로 키우려고 억지를 부렸던 피고인은, 그 사실을 알게 되자 이번에는 자식을 여자로 바꾸려 했고, 급기야 수술을……."

"그만!"

재훈은 자신이 소리친 줄 알고 퍼뜩 고개를 들었다. 그런데 아니었다. 엄마가 눈을 부릅뜨고 악마를 노려보고 있었다. 아까까지만 해도 악마를 두려워하며 멈칫거리던 엄마가 지금은 숫제 악마를 후려칠 듯 펄펄 날뛰고 있었다.

"그만해요! 애가 고통스러워하잖아요!"

그제야 재훈은 자신이 친구들의 발치에 널브러져 덜덜 떨고 있었다는 것을 깨달았다.

그 뒤로는 뭐가 어떻게 되었는지 파악이 잘 되지 않았다. 정신을 차려보니 재훈은 햇살이 비치는 작고 아늑한 자기 방의 침대에 혼자 누워 있었다.

재훈이 자기 죽음의 기억을 소화하는 데에는 시간이 걸렸다.

태어났을 때부터 몸이 잘못되었다는 감각을 가지고 있었다. 억지로 남자가 되려고 노력하는 과정은 영원히 다다를 수 없는 이상향에 스스로를 끼워 맞추려는 부질없는 시도의 연속이었고 반복되는 좌절감을 안겼다. 그리고 엄마도 재훈의 실패를 잘 알았다. 선천성 부신 증식증이니 하는 명칭은 몰랐지만, 자신이 소위 '기형아'를 낳았다고는 차마 믿고 싶지 않아서 현실을 부정했지만, 재훈이 어딘가 다르다는 것은 알고 있었다. 그러나 엄마는 재훈이 남자이긴 남자인데 어딘가 좀 잘못된 남자일 뿐,

적절한 교육과 치료를 받다 보면 교정이 될 거라고 믿었다. 세상에 남자도 여자도 아닌 사람이 있을 수 있다고는 상상도 하지 못했다.

하지만 재훈은, 의식적으로는 몰랐지만 마음 깊은 곳에서는, 알고 있었다. 자신이 영영 남자가 될 수 없고, 그렇다고 여자도 아니라는 사실을.

그래서 엄마가 너는 사실 임신을 할 수 있는 여자의 몸을 가졌고 고추로 보이는 것은 비정상적인 기관이니 수술을 해서 온전한 여자가 되어야 한다고 말했을 때 재훈은 극도의 공포에 질렸다. 남자아이라고 하더니, 아들이라고 부르더니, 어엿한 아들이 되어야 한다고 누누이 강조하더니, 이제는 갑자기 딸이 되라니? 딸이라는 게 대체 뭔데? 임신은 또 뭐고? 재훈은 임신하고 싶지 않았다. 자궁이라는 이름도 징그러웠다. 검도할 때 쓰는 호구 같은 게 몸속에 있고 자신이 그 안에 갇혀버린 기분이었다. 그리고 재훈의 몸을 기형이라고 판결 내린 의사가 무시무시한 도구들을 가지고 재훈의 배를 가르고 호구를 꺼내서 재훈이 들어 있는 통째로 그것을 산산조각 낼 것만 같았다.

하지만 엄마는 재훈의 공포와 혼란을 받아줄 여유가 없었다. 그럴 수 있다는 것을 이해는 했지만 그저 억누르는 것이 상책이라고 생각했다. 엄마는 재훈을 타일렀다. 더 일찍 수술을 시켜줬어야 했다고, 재훈이 태어났던 병원 의사가 돌팔이였고 엄마 자신은 무지해서 그동안 방치했던 거라고, 사실 재훈은 딸이었다고, 재영이라는 예쁜 이름도 지어주겠다고, 일단 수술을 받고 개명도 하고 아무도 재훈을 모르는 다른 학교로 전학을 가고 나면 모든 괴로움이 끝날 거라고 달랬다.

재훈은 처음엔 완강히 거부했지만 엄마의 끈질긴 회유에 넘어가고 말았다. 어쨌든 이런 이상한 몸으로 계속 놀림 받으며 살 수는 없다고 스스로를 다잡았다. 지금 돌이켜 생각해보면 그렇게 스스로를 속여가면서까지 엄마의 뜻을 따르기로 했던 것은 더 이상 엄마를 힘들게 하고 싶지 않아서였던 것 같다. 엄마를 사랑해서, 엄마의 마음에 드는 자식이 되고 싶어서.

그래서 정신이 아득해질 만큼 울면서도 엄마의 손을 잡고 병원으로 한 발 한 발 걸어갔다. 어쩌면 재훈은 이미 예감했던 것인지도 몰랐다. 자신이 그 병원 수술대에서 마취 사고로 목숨을 잃게 되리라는 것을.

2차 공판이 열렸다. 법정에 다시 들어서자마자 재훈이 찾은 것은 물론 엄마였다. 엄마 역시 재훈이 나타나기만을 눈이 빠져라 기다린 눈치였다. 재훈은 자신을 걱정하는 엄마를 안심시키고 싶으면서도 한편으로는 외면하고 싶은 모순된 감정을 느꼈다. 이런 양가감정은 엄마를 이곳에서 처음 본 순간부터 내내 느껴왔던 것이지만 지금은 더욱 깊고 강렬했다.

엄마와 처음 대면했을 때 재훈은 엄마가 자신을 죽였다고 비난했다.

정말 그런가? 물론 아니었다. 재훈을 죽인 건 의사였고, 그건 사고였다.

하지만 엄마가 수술을 강요하지 않았다면 일어나지 않았을 일이기도 했다.

만약 그때 수술을 받지 않았다면 재훈은 어떻게 살았을까? 상상해보려 애썼지만, 잘 그려지지 않았다.

재훈이 그런 생각들을 곱씹으며 머뭇거리는 동안 신이 재판 속행을 선언했다. 천사의 변론이 시작되었다.

"지난 공판에서 지옥 측은 피고인이 '평판과 실리에 유리한 방식으로' 자식을 통제하려 했으며, 그 과정에서 자식의 의사를 거스르는 공포스러운 수술을 강제했다고 비난했습니다. 그러나 이는 피고인의 동기를 축소, 왜곡한 설명입니다. 피고인이 증인을 키운 방식에는 분명 잘못된 지점들이 있지만, 그건 무엇보다도 증인에 대한 사랑에서 비롯된 일이었습니다. 피고인은 자식이 정상적인 남자나 여자가 되지 못하면 불행해지리라고 생각했습니다. 더군다나 병원에서 수술을 권고했고요. 의학적 지식이 없는 일반인이, 수술을 시키지 않으면 자식이 평생 불구로 살게 되리라는 진단을 병원에서 들었을 때 과연 어떤 선택을 할 수 있겠습니까? 한국 부모 중에서 수술을 시키지 않는다는 선택을 할 부모가 과연 얼마나 될까요? 피고인은 자식을 아끼고 사랑하고 염려하는 어머니로서 상식적인 행동을 했을 뿐이었습니다. 더군다나 증인의 죽음은 결국 병원 측의 과실 때문이었고, 사랑하는 자식을 잃은 피고인 역시 피해자입니다."

그 말도 맞았다.

하지만 재훈은 이제 알았다. 가장 큰 피해자는 자신이고, 자신이 이 모든 세상의 논리를 이해해줘야 할 의무가 없다는 것을.

"하느님, 또한 아이다움의 또 다른 요소는 성장 가능성이라고 생각합니다. 아이들은 계속 자랍니다. 몸만이 아니라 마음도 성장합니다. 아이들이 그럴 수 있는 것은 편견 없이 마음을 열고 용감하게 새로운 것들을 배워나가는 능력 때문입니다. 어른들은 대개 그 능력을 잃고 스스로를 보존하는 데 치중합니다만, 피고인은 그렇지 않았습니다. 끔찍한 비극을 겪고 나서 피고인은 절망 속에 침잠하지 않고 성장했습니다."

그렇게 운을 떼며 천사는 재훈이 죽은 후 엄마의 삶에 대해 이야기했다.

재훈이 죽은 건 IMF 때였다. 엄마는 파리 날리는 미용실을 처분한 뒤 빚을 갚는 것만도 버거운 상태였고, 의사를 고소하는 것은 엄두도 내지 못했다. 조촐한 장례를 치렀다. 임우성과 그 가족들에게 부음을 전했지만 그들은 장례식에 나타나지 않았다.

엄마는 신이 없는 게 분명하다고 생각했다. 신이 있다면 재훈을 이런 식으로 빼앗아갈 리 없다고. 그동안 숱한 고생을 겪으면서도 꺾이지 않았던 신앙이 재훈의 죽음으로 무너졌다. 엄마는 노래방 도우미 일을 하며 밤이고 낮이고 술에 절어 살았다.

그러던 어느 날 섬광처럼 깨달음이 찾아왔다.

재훈을 잃은 것은 자기 탓이라고. 이 모든 방황은 그 잘못을 감당하기 버거워 면피하려는 몸부림일 뿐이라고.

엄마는 선천성 부신 증식증에 대해 조사했다. 재훈과 같은 문제를 겪은 아이들의 사례를 수집했다. 그리고 세상에는 재훈과 비슷하면서도 다른 아이들이 수두룩하다는 사실을 알게 되었다. 난소와 고환을 모두 가진 아이도 있고, 외부 생식기는 여성처럼 생겼지만 정소를 가진 아이도 있고, 재훈처럼 난소를 가졌으면서 외부 생식기는 남성화되어 있는 아이도 있었다. XXY 염색체나 X0 염색체를 가진 아이도 있었다. 태어나면서는 전형적인 여자아이 같았는데 2차 성징이 남성으로 발현되는 아이도 있었다. 이런 다양한 아이들 중 상당수가 출생과 동시에, 아이의 의사를 확인할 수 있기도 전에 교정 수술을 받거나, 주기적으로 이런저런 외과적 처치와 호르몬 치료를 받으며 아동기를 보냈다. 생명에도 신체 기능에도 아무런 이상이 없는 경우에도, 단지 남자아이답지 않거나 여자아이답지 않다는 이유만으로 그렇게 했다. 그리고 그 치료들로 인해 훗날 육체적, 심리적 문제를 겪으며 고통 받았다. 부모와 의사가 지정해준 성이 자신이 생각하는 성과 달라서 혼란 속에 살기도 했다.

매년 전 세계 인구 중 1.7%가 변이 성징을 가지고 태어나며, 이런 아이들을 인터섹스, 혹은 간성(間性)이라 부른다는 것을 엄마는 알게 되었다.

"……피고인은 이런 아이들이 신의 실수로 태어난 것이 아니라고 생각하게 되었습니다. 하느님은 모든 아이에게 축복을 내려주셨는데 이 세상이 아이들을 받아들이지 못하는 것이라고요. 마침내 피고인은 인터섹스 아이들에 대한 강제적 수술과 치료에 반대하는 운동을 벌이기 시작했습니다. 그때가 48세였습니다. 이후로 60세에 뇌졸중으로 사망하기까지 인터섹스 인권 운동에 헌신하며 여생을 보냈습니다."

천사의 이야기를 들으며 재훈은 놀랐다. 엄마가 인권 운동 같은 데에 투신할 수 있는 사람이라고는 상상해본 적 없었다. 솔직히 잘 믿기지 않았다. 만약 이 자리가 천국과 지옥 사이의 법정이 아니었더라면 거짓말이라고 생각했을 것이다.

엄마는 겸손히 두 손을 모으고 천사의 말을 듣고 있었다.

"……이와 같이 피고인은 죽기 직전까지도 자신과 다른 사람들을 이해하려 노력하며 성장을 게을리하지 않았습니다. 하느님이 세상을 더 나은 곳으로 이끄시리라는 믿음을 놓지 않았습니다. 피고인 자신이 아이처럼 취약한 처지였음에도, 더 어려운 처지에 있는 아이들을 도우려 애썼고, 자신의 슬픔과 고통을 희망으로 바꾸어냈습니다. 이런 자질들은 모두 아이다운 것으로, 천국에 들어가기에 충분하다 할 수 있습니다. 하느님, 부디 피고인 양희정에게 자비를 베풀어 천국 문을 열어주십시오."

악마가 마지막 반론을 펼쳤다.

"피고인은 결국 아이가 아니라 어른이었습니다. 어른으로서 아이를 보듬고 존중하며 키워야 할 책임을 다하지 못했으니, 이는 아이다운 것이 아니라 다만 어른답지 못한 것입니다. 또한 피고인은 하느님을 믿는다고 하면서 결국 제 깜냥만 믿고 모든 일을 밀어붙였습니다. 자신의 비천한 출신을 숨기고자 주변 사람들에게 거짓말을 일삼았고 그 거짓말에 아이의 인생을 꿰어 맞추려 했습니다. 아이가 아들이라 믿고 싶어서 아들로 키우다 스스로의 기만이 더 이상 감당이 되지 않자 딸로 바꾸려 했고, 그것이 아이를 위한 것인 양 포장했습니다. 훗날 인터섹스 인권 운동을 함께한 사람들에게는 아이가 성별 재지정 수술을 받다 사고로 사망했다고만 말했을 뿐, 자신의 실책은 모두 숨겼고 그저 의료계의 대책 없는 관행과 사회적 편견에 희생된 무고한 피해자인 척했습니다. 이처럼 온통 위선과 기만으로 뒤덮인 삶이 어찌 아이 같다 할 수 있겠습니까? 모든 것을 아시는 하느님, 당신은 피고인 양희정을 지옥으로 보내는 것이 합당하다는 것 또한 아십니다."

신이 두루마리에 무언가를 한참 적어내려갔다. 그러다 펜을 내려놓고 엄마를 내려다보았다. 엄마는 이제 체념에 가까운 표정으로 어깨를 늘어뜨리고 있었다.

"피고인은 마지막으로 할 말이 있는가?"

엄마가 가슴을 펴며 말했다.

"있습니다. 제 아이, 임재훈에게 말하고 싶습니다."

"허락한다."

엄마는 재훈을 바라보며 따뜻하게 웃었다.

"재훈아…… 아니, 멜론아. 우선 네가 입은 무지갯빛 옷이 참 예쁘다고 말하고 싶었어."

멜론은 무릎 위에 드리워진 무지개 자락을 움켜쥐었다. 마음이 저려왔다.

"이제 나는 지옥에 갈 수도 있어. 어쩌면 천국에 갈 수도 있겠지. 어느 쪽이 됐든 너는 천국으로 돌아가서 모든 것을 잊게 될 거야. 나도, 저 어지럽고 잔인한 세상도, 네가 겪었던 부당한 일들도 모두. 하지만 나는…… 만약 지옥에 간다면, 그 모든 것을 영원토록 기억해야 해."

아니, 그럴 순 없었다. 엄마가 지옥에 가서는 안 됐다. 멜론은 애원하는 눈으로 신을 올려다보았다. 신은 엄마만 주시하고 있었다.

"그러니 엄마를 위해…… 해줄 수 있겠니?"

엄마가 마른침을 삼키고 다시 말했다.

"나를 용서해줄 수 있겠니?"

멜론은 고민하지 않았다.

천국의 아이들과
동물들을 위하여

노키즈존에 대한 논쟁을 접할 때마다, 천국이 어린이들의 것이라고 하는 성경 구절을 떠올렸습니다. 이승에서는 어린이들을 추방하고 배제하던 어른들이 정작 천국에서 추방당하고 배제당한다면 그것 참 꼴 좋겠다는 생각도 했습니다(저도 어른입니다만). 〈노 어덜트 헤븐〉을 쓰게 된 데에는 이런 못된 심보도 있었다는 것을 부정할 수 없지만, 무엇보다도, 어른들보다 결코 적지 않은 슬픔과 고통을 겪었던 어린이들이 천국에서 누구보다 환대받는 이야기를 쓰고 싶었습니다.

또 기독교인 중에는 동물에게는 영혼이 없기 때문에 반려동물이 죽어도 천국에 가지 못한다고 말하는 이들이 있는데요, 개 반려인으로서 언젠가는 천국에서 영원히 행복하게 살아가는 개들을 소설에 보란 듯이 등장시키고 싶었습니다.《꼬마 귀신들》덕분에 이 소망을 이룰 수 있어서 기쁘게 생각하며, 귀한 지면을 허락해주신 서해문집 편집부에 감사드립니다.

이 글을 쓰고 있는 지금, 국회에서 혼인평등법, 비혼출산지원법, 생활동반자법이 발의되었습니다. 성소수자들과 사회적 약자들이 가족을 꾸릴 권리를 보장해줄 이 법안에 맞서 보수 기독교계에서 강하게 반발하며 기자회견을 예고했다고 하더군요. 이들이 "사랑은 이웃에게 악을 행하지 않는다"는 로마서의 말씀을 되새기기를 바랍니다.

아밀

애총으로 모여!

박서련

박서련

철원에서 태어났다. 지은 책으로 장편소설《체
공녀 강주룡》,《프로젝트 브이》, 소설집《호르몬
이 그랬어》,《당신 엄마가 당신보다 잘하는 게
임》,《나, 나, 마들렌》 등이 있다. 2018년 한겨레
문학상, 2021년 문학동네 젊은작가상, 2023년
이상문학상 우수상을 받았다.

먹고 싶다, 붕어빵.

해가 멀대나무 가지 아래로 떨어질 무렵 반짝 눈을 뜬 꼬마
는 깨어나자마자 붕어빵을 떠올리며 입맛을 다셨다. 촉촉한 붕
어빵, 달달한 붕어빵. 붕어빵 먹고 달구경 가야지. 달구경 하고
서 줄넘기 해야지. 줄넘기 다음엔 뭘 하지? 멱 감으러 갈까? 꼬
마는 멋진 쐐기무늬 털모자를 푹 뒤집어쓰고서 잰걸음으로 언
덕을 내려갔다. 언덕을 내려가면 병원 뒷문, 병원을 가로지르면
병원 정문, 정문을 나와서 찻길을 건너면 붕어빵 포장마차가 있
었다.

가게에는 아직 손님이 하나도 없었고 할머니는 졸고 있었다.
꼬마는 까치발로 서서 무쇠 빵틀 옆에 쌓인 붕어빵 무더기를 유
심히 보다가 신중하게 한 마리 집어 들었다. 구운 지 얼마 안 된
녀석인지 따끈했다. 앗뜨뜨, 꼬마는 새된 소리를 내며 붕어빵을
허공에 던졌다가 다시 받았다. 찬바람 속을 잠깐 헤엄친 붕어빵

은 알맞게 식은 채로 꼬마의 손바닥에 착륙했다. 꼬마의 입이 대번에 반달 모양으로 벌어졌다.

잘 먹겠습니다!

덥석 베어 문 붕어빵 단면으로 슈크림이 주륵 흘렀다. 꼬마는 만족스럽게 입술을 핥았다. 으음, 역시 슈붕이 최고라니까. 부드럽고 달콤하고 왠지 고소해. 꼬마는 순식간에 슈크림 붕어빵 한 마리를 해치우곤 양손을 마주 비비며 상황을 살폈다. 할머니는 아직 눈을 감고 있었고 주위에는 아무도 없었다. 딱 한 마리, 딱 한 마리만 더 먹어야지. 꼬마는 입을 헤벌린 채 붕어빵 무더기로 손을 뻗었다. 따끈한 붕어빵을 꼬리만 살짝 집어 호호 불어 식히고 서둘러 또 한 입 베어 문 순간,

이게 뭐야? 팥붕이잖아!

꼬마의 얼굴이 한껏 찡그려졌다. 마음이 급해 아까만큼 잘 관찰하지 못해서 그런지 두 번째 붕어빵 사냥은 실패였다. 꼬마는 고개를 붕붕 저으며 입 안의 팥을 퉤퉤 뱉어냈다. 아니, 왜 붕어빵에 팥 같은 걸 넣는 거야? 붕어빵은 달아야 하는데 팥은 맵고 아리고 코리코리하잖아.

"할머니, 안녕하세요. 팥붕 슈붕 섞어서 3000원어치 주세요."

잔뜩 뿔이 난 꼬마가 먹던 붕어빵을 팽개치려던 찰나, 붕어빵 가게에 손님이 왔다. 거의 코를 골며 졸던 할머니가 손님의 부름에 퍼뜩 깨어났다. 꼬마도 깜짝 놀라 붕어빵을 꽉 쥐었다. 꼬마가 한 입 베어물어 입이 생긴 붕어빵은 보라색 앙금을 뿌직

토해냈다. 으으, 고약한 팥 냄새.

　다행히 손님도 할머니도 진열대 옆에서 몰래 붕어빵을 훔쳐 먹는 꼬마를 발견하지 못한 것 같았다. 손님이 떠나고서야 꼬마는 한숨을 내쉬었고, 할머니가 다시 졸기 시작하자 먹던 붕어빵을 빵틀 옆에 몰래 올려놓고 떠났다. 휴, 들키는 줄 알았다. 어차피 도깨비감투를 쓰고 있어서 아무한테도 안 보일 테지만, 김 서방들하고 가까이 있을 때는 늘 조마조마하단 말이지.

　쳇, 아무튼 오늘은 실패다. 팥붕 때문에 입맛만 버리고.

　꼬마는 길거리의 돌멩이를 함부로 차며 언덕으로 돌아왔다. 찻길 건너 병원 지나 언덕, 볼록 솟은 언덕 위 멀대나무와 애총이 있는 공터. 지붕도 기둥도 서까래도 없지만 그곳이 도깨비 꼬마의 집이었다.

　이제 뭘 하지?

　달구경을 하려 했는데 마침 그믐 무렵이라 볼품없이 얄팍한 달이 새벽에나 뜰 테고, 줄넘기를 하려 했는데 입맛을 버려서인지 뛰기도 싫었다. 개천에 멱이나 감으러 갈까. 겨울이지만 그런 건 꼬마에겐 아무 상관없었다. 겨울 개천에서 첨벙첨벙 소리를 내 지나가던 사람들이 혼비백산하게 만드는 건 오히려 재미있는 일이었다. 그렇지만 요즘은 개천물도 똥물이라 괜히 들어갔다가는 비위만 상할걸.

　꼬마는 풀이 죽어 애총 위에 벌렁 누웠다. 풀들이 꼬마의 등허리 모양을 따라 자빠졌다. 아무도 돌보지 않은 무덤을 양분

삼아 무성히 자랐다가 추위를 맞아 누릇누릇하게 죽은 풀들이.

심심하다, 심심해.

심심해 죽겠다.

혼자가 된 지 오래인 꼬마, 영원히 꼬마인 도깨비 꼬마는 늘 심심함에 시달리고 있었다. 혼자서는 달구경도 줄넘기도 멱 감기도 재미가 없었다. 재미라면 먹는 재미, 그것도 훔쳐 먹는 재미뿐이었다. 그나마도 붕어빵 할머니가 나타나는 겨울이 아니면 먹을 것도 없지만.

초등학교와 아파트 단지가 있는 먼 동네까지 가면 무인 아이스크림 가게가 있고, 단것을 좋아하는 꼬마에게 사람 없는 아이스크림 가게란 극락과도 같았지만, 그곳도 결국 씨씨티비라는 물건이 탈이었다. 도깨비는 찬 것을 아무리 먹어도 배탈이 안 나서, 꼬마는 밤새 마음껏 아이스크림을 까먹은 적이 있다. 특히 위쪽은 크림맛, 아래쪽은 과일맛이 나는 컵 아이스크림이 마음에 들어 먹고 먹고 또 먹었다. 그런데 그 다음번에 찾아가니 한입 큼직하게 베어 문 아이스크림이 둥둥 떠다니는 사진이 가게 벽에 붙어 있었다. 가게에 귀신이 나온다는 소문이 난 모양이라 혹시 망하면 어떡하나, 꼬마는 걱정했지만 웬걸 그 소문 덕에 손님이 더 많아져서 오히려 가기 어려워졌다.

흥, 귀신이 아니고 도깨비인데. 하여간 김 서방들은 알지도 못하면서.

정말 귀신 같은 건 따로 있는데.

달도 없는 자정 무렵, 무서운 비명소리가 찬 공기를 할퀴며 꼬마의 귀에 닿았다. 뭔가를 찢어버릴 듯이 날카로우면서도, 비명을 지르는 이 스스로가 찢어지는 듯 끔찍한 소리였다. 꼬마는 매일 밤 열두 시쯤 그 소리를 들은 지가 한참이었고 별 일 없는 한은 앞으로도 그 소리를 날마다 들어야 한다는 것을 알고 있었다. 대체로는 대수롭지 않게 들어 넘겼지만 가끔은 새삼스레 겁에 질리곤 했다. 그날은 어땠냐면 겁이 안 났다. 그렇다고 아무렇지 않은 것도 아니었지만. 그날따라 꼬마에게는 그 비명소리가 수상하게 들렸다.

혹시 저 귀신 소리 때문에 아무도 여기에 못 오는 건 아닐까?

문득 든 생각에 꼬마는 골똘해진 것이었다.

애총이란 애기 무덤을 뜻한다. 요즘도 어려서 죽는 아이들이 있지만 옛날에는 꽤 많았다. 갓 태어난 아기들부터 정식 이름을 짓기 전 개똥이나 말똥이로 아무렇게나 불리던 예닐곱 먹은 아이들까지는 모두 한 곳에 묻혔고 그게 애총이었다. 아이를 묻으러 온 어른들은 슬피 울었지만 또 다른 아이를 묻을 때가 아니고서는 두 번 다시 애총에 찾아오지 않았다. 아기 귀신들은 어른 귀신보다 훨씬 지독하다고 생각했기 때문이다.

아닌 게 아니라 어떤 아기 귀신은 아기를 묻으러 온 어른 중 하나가 자기 엄마 아빠인 줄 알고 업혀서 내려가기도 했는데,

워낙에 아기라서 할 줄 아는 건 없었지만 업힌 등에서 요지부동
으로 떨어지지를 않았다. 어른 귀신과 달리 원념도 여한도 없었
지만 부모님에게, 부모님으로 착각한 어른에게 악착같이 달라
붙어서 문제가 되었다. 몇 번인가 그런 일이 있고서는 살아 있
는 어른이 애총으로 올 때마다 조금 큰 아이들이 기저귀 찬 아
기 귀신들을 하나씩 맡아 껴안고 있기로 했다. 그런 날에는 큰
애들이고 작은 애들이고 엉엉 울어 언덕 전체가 흔들릴 지경이
었는데, 부모님도 없고 살아 있던 적도 없으며 죽어본 적마저
없는 꼬마로서는 애들이 왜 우는지 알 수가 없었다.

　그때는 또래 귀신들이 우글우글 많았다. 죽은 애들끼리 애총
공터에서 술래잡기를 하고 공기 놀이를 하고 말뚝 박기를 했다.
꼬마도 귀신인 척 태연하게 끼어들어 같이 놀았다. 시간이 지
나서는 얼음땡도 하고 경찰과 도둑도 했다. 꼬마는 도깨비라서,
애들은 귀신이라서 지치지 않았다. 숨이 차지 않으니까 하루 종
일이라도, 며칠 내내라도 똑같은 놀이를 할 수 있었다. 응애응
애 우는 아기들은 돌아가며 업어주었고 풍선처럼 허공에 띄우
며 놀아주었다.

　이따금 저승차사가 애총으로 찾아와 다시 태어나고 싶은 애
들을 줄 세워 데려갔다. 아직 가고 싶지 않다는 애들은 굳이 데
려가지 않았다. 애총에서 노는 애들은 김 서방들이 사는 마을로
내려가서 말썽을 피우는 일이 거의 없는 데다 살아서 마음껏 놀
지 못한 게 안쓰럽기도 했을 테니까. 말하자면 애총은 어린 귀

신들을 위한 버스 정류장 같은 데였다. 버스가 올 때까지 모여 있다가 타려면 타고, 말려면 말고. 친해졌던 귀신들을 떠나보낼 때는 섭섭하기도 했지만, 살아본 적이 없어서 죽은 적도 없는 꼬마는 언제든 얼마든 친구를 더 사귈 수 있었기에 깊이 외로울 틈도 길게 심심할 새도 없었다.

그런데 도대체 언제부터 내가 이렇게 심심해졌더라?

이제는 한 손으로도 꼽겠다 싶을 만큼 남은 애들이 줄었을 때 언덕 아래에 큰 병원이 생겼다. 애총이 있는 언덕도 따지고 보면 병원 땅이었고, 병원 사람들은 아무도 언덕에 오르지 못하도록 언덕 둘레에 울타리를 쳤다. 봄이면 두릅 딴다고 가을이면 도토리 줍는다고 김 서방들이 몰래 들어올 때도 있었지만 이제는 그 등에 업혀 갈 어린 귀신이 하나도 남지 않았고, 언덕에 애총이라는 게 있었다는 것을 기억하는 이도 더는 없는 것 같았다.

어떻게 알고 오는 것인지, 애총이 어린애를 끌어들이는 기운이라도 뿜어내는 것인지 어린 귀신이 애총으로 찾아올 때도 가끔은 있었는데, 가뭄에 콩 나듯 찾아오던 어린 귀신들도 이제는 영 발길이 끊긴 참이었다. 꼬마는 이승에 오래 머문 도깨비였지만 역시나 꼬마고 또 도깨비라 생각하는 요령이 김 서방들처럼 밝지는 못했다. 그래도 기억을 더듬어보면, 애총을 찾는 손님이 완전히 사라진 건 역시나 저 찢어지는 비명소리가 들리기 시작한 때부터가 맞는 것 같았다.

도깨비가 들어도 소름이 끼치는 비명소리가 울려대는 언덕에 대체 누가 오고 싶을까?

꼬마는 펄쩍 뛰어 멀대나무 꼭대기에 올라갔다. 멀대나무 꼭대기에서는 그 커다란 병원 건물이 한눈에 들어왔고 그래서 병원을 더 잘 째려볼 수 있었다. 언덕 둘레에 울타리를 쳐버린 병원이 안 그래도 미웠는데, 매일같이 비명을 질러대는 귀신까지 있어서 더 미웠다. 한번은 담판을 지어야겠다고 꼬마는 마음먹었다.

곧 동이 틀 테니 우선은 잠을 자야겠지만.

멀대나무에서 내려온 꼬마는 땅바닥을 더듬어 말라죽은 이끼가 버석버석하게 만져지는 자리를 신중하게 골라 누웠다. 어린 도깨비를 위한 상식 하나, 이끼가 낀 땅에는 햇빛이 잘 들지 않아 안전하게 낮 시간을 버틸 수 있다.

도깨비가 아닌 어린이들을 위해서도 상식 하나, 도깨비는 보통 김 서방들과는 달리 낮에 잠을 자고 밤에 활동하지만, 어쨌든 잠을 자기 때문에 김 서방들처럼 꿈을 꾼다. 꼬마는 메밀묵이 가득 찬 저수지에 퐁당 뛰어들어 메밀묵을 와구와구 먹으며 헤엄치는 꿈을 꿨다. 그리고 하얀 이불을 한 겹 덮은 채 늦저녁에 깨어났다. 낮 동안에 눈이 내린 거였다.

꼬마는 쌓인 눈으로 어푸어푸 세수하고 간만에 머리도 쓱쓱 빗었다. 멋진 쐐기무늬 털모자를 푹 뒤집어쓰고 언덕을 내려가

붕어빵 포장마차에 들렀다. 도깨비감투를 쓴 꼬마의 모습은 아무에게도 보이지 않았지만 눈 쌓인 길에 꼬마의 발자국은 남았다. 붕어빵 할머니가 꾸벅꾸벅 졸 동안 슈크림 붕어빵 세 개를 훔쳐 먹고 찻길을 건너온 꼬마는 할머니가 어느새 깨어나 자기 발자국을 보고 있는 것을 알고 멈춰 섰다. 눈이 와서인지 그날따라 포장마차에는 손님이 없었다. 별 수 없이 꼬마는 할머니가 가게를 닫을 때까지 벌서듯 서 있었다.

도깨비라서 추위를 안 타니 망정이지 보통의 어린애였다면 귀신이 되었을걸.

꼬마는 할머니가 멀리멀리 가서 보이지 않을 때까지 기다렸다가 도깨비불로 변신해 병원 건물로 날아들었다. 3층 동쪽 비상계단에서 원래대로 몸을 바꾼 다음, 그곳이 제 집인 양 태연하게 문을 열고 들어갔다.

어디 보자, 곧 자정이지. 자정이 되면 또 비명소리가 들리겠지?

꼬마의 맨발에 묻은 눈이 찰박찰박 물발자국을 만들었다.

오늘은 그놈의 비명 귀신하고 꼭 담판을 짓고 말 테다.

꼬마는 병원 전체를 누빌 태세로 병실 하나하나를 살피며 돌아다녔다. 숫자를 손가락 발가락 개수까지밖에 세지 못하는 꼬마에게는 너무나 많은 병실이 있었고 병실마다 또 너무나 많은 김 서방들이 누워 있었다. 늙은 김 서방, 젊은 김 서방, 여자 김 서방, 남자 김 서방, 많고 많은 김 서방들이 얼굴이나 팔다리에

얇고 반투명한 줄을 낀 채 잠들어 있었다. 더러는 아직 안 자는 김 서방도 있었는데, 그런 김 서방들은 갑자기 열린 병실 문을 보며 바람이 부는지 궁금해하기도 했다.

아무래도 병원이다 보니 귀신들도 적잖이 있었다. 의사 김 서방이나 간호사 김 서방과 달리 귀신들은 도깨비감투를 써서 투명해진 꼬마를 알아볼 수 있었지만 특별히 관심을 보이거나 놀라워하지 않았다. 어른 귀신들은 대체로 자기 원념과 여한에만 관심이 있기 때문에 꼬마에게도 그건 전혀 이상한 일이 아니었다.

"깜짝이야!"

하고 버럭 소리를 지른 귀신은 어린애였다. 바로 곁에 죽은 몸이 누워 있는 것을 보면 죽은 지 얼마 안 된 모양이었다. 여덟 살? 아홉 살? 어쩌면 예닐곱 살 정도일지도 몰랐다. 요즘 애들은 옛날 아이들보다 크니까. 침대에 누워 있는 몸도 빡빡머리, 몸에서 떨어져 나온 혼도 빡빡머리였다. 으응, 갓 죽은 애라 내가 신기한가 보네. 하기사 당장은 자기가 귀신이 된 것도 신기할 테니까.

"너도 귀신이야?"

"나는 도깨비."

빡빡이는 고개를 갸웃거리다 물었다.

"혹시 너, 어떻게 해야지 다시 살 수 있는지 알아?"

"몰라? 내가 그걸 어떻게 알아."

빡빡이가 얼굴을 꽉 찡그렸다.

"에이씨. 엄마 아빠한테 인사해야 되는데."

"엄마 아빠한테 말할 게 뭐 있어?"

"마지막으로 엄마 아빠 사랑해요라도 해야 할 거 아냐."

"그래야 돼?"

"당연하지."

"몰라, 나는. 엄마 아빠 없어서."

머리카락도 없는 뒤통수를 벅벅 긁던 빡빡이는 꼬마의 말에 불쌍하다는 듯한 표정을 지었다.

"정말?"

"그런 걸로 거짓말을 왜 하냐."

빡빡이는 또 갸웃거리다가 그도 그렇다는 듯이 고개를 끄덕였다.

"그럼 혹시 이제 어떡해야 하는지는 알아?"

"저승에 가서 다시 태어나게 해달라고 해야지."

"저승에는 어떻게 가는데?"

"차사님이 올 때까지 기다려야지."

"차사님은 언제 오는데?"

"원래는 누가 죽으면 곧장 오고 그랬는데 요즘은 뭐라더라 그, 현대? 에는 인구? 라는 게 많아져서 잘 못 챙길 때도 있대. 특히 어린애는 죽을 때가 안 돼서 죽는 경우가 많아서 잘 못 찾는대."

"그렇구나."

"너도 죽을 때 돼서 죽은 게 아닌가 봐. 어쩌다 그랬는데?"

"잘 몰라. 차 사고였는데…… 그때 바로 죽은 건 아니고……. 잘 몰라."

그러고 보니 귀신 빡빡이의 머리에는 없고 죽은 빡빡이의 몸에만 있는 상처가 보였다. 찢어진 머리통을 꿰맨 듯한 자국이었다.

"그럼 나는 이제 어떡하지?"

걱정스러운 얼굴로 빡빡이가 또 물었다. 그 순간 꼬마의 머릿속 등잔에 환한 불이 켜졌다. 아! 잘됐다, 얘를 애총으로 데려가서 차사님을 부르면 되겠다.

"나랑 같이 갈래?"

"너랑?"

"응, 여기 바로 뒷산에……."

바로 그때가 자정 무렵이었다. 어떻게 알 수가 있었냐면, 어김없이 들려온 찢어지는 비명소리 때문에. 역시나 비명소리는 병원 안에서 나는 것이었고, 병원 안에서 들으니 더욱 크고 소름이 끼쳐 아무리 도깨비인 꼬마라도 귀를 막지 않을 수가 없었다. 하물며 갓 귀신이 된 빡빡이에게는 어땠을까? 귀신이나 도깨비, 혹은 아주 예민한 인간에게만 들릴 그 비명소리는 빡빡이에게 난생처음, 아니 죽어서 처음 듣는 끔찍한 소리일 것이었다.

참고로 혼비백산이라는 말은 혼백, 즉 사람의 영혼이 갈가리 찢어져 어지럽게 흩어진다는 뜻이다. 빡빡이는 소름끼치는 비명소리에 놀란 나머지 형체가 흐려지더니 사방으로 퍼져나갔다. 몇몇 조각은 병원 밖으로 총알같이 튀어나갔고 몇몇 조각은 그대로 남아 병실 바닥에 흩뿌려졌다. 비명소리는 몇 시간이고 이어질 터라, 꼬마는 할 수 없이 귀를 막았던 손을 떼 빡빡이의 혼백을 주워 모았다. 손으로 꼭꼭 뭉치자 작은 빡빡이가 만들어졌는데, 큰 덩어리를 마저 찾아 뭉치지 않으면 저승으로 보낼 수 없었다.

"에휴, 도깨비 팔자야."

꼬마는 도깨비불로 변해 병원을 빠져나갔다. 귀신이라서 벽 너머를 마음껏 드나들고 하늘도 얼마든지 날 수 있는 빡빡이와 달리 꼬마는 도깨비불로 변해야만 날아다닐 수 있었다. 그러고도 벽은 통과할 수 없었지만. 밤새 빡빡이 혼백의 조각을 찾아다닌 꼬마는 하마터면 해가 뜨기 전에 멀대나무 밑으로 돌아오지 못할 뻔했다. 기껏 모아서 뭉쳐놓았더니 빡빡이는 동 트기 직전부터 훌쩍훌쩍 울기 시작했는데, 꼬마가 제대로 알아들은 것이 맞다면, 죽은 게 슬퍼서나 엄마 아빠가 보고 싶어서가 아니라 젤다의 전설을 하고 싶어서 우는 것이었다.

애총에 나타나는 애들의 차림새가 바뀌어가는 것을 보며 꼬마도 시대의 변화를 알아차리고 있었다. 예전에는 고름으로 여미는 저고리 입은 애들뿐이었는데 슬금슬금 단추로 여미는 웃옷이나 아무것도 달지 않은 티셔츠를 입은 애들이 늘어났다. 전쟁이 일어났을 무렵에는 아무것도 입지 않은 애들도 종종 있었지만, 그때는 언덕 위 공터가 터져나가겠다 싶도록 애들이 많아져서 몇 명이 아무것도 안 입은 것쯤은 신경도 쓰이지 않았다. 저승차사가 매일같이 찾아오는데도 하루가 다르게 아이들이 늘어났으며 공터가 좁아 놀지도 못했다.

그래도 그 뒤로는 꾸준히 애들이 줄었지. 갈수록 김서방들이 힘들어져서 새로 태어나는 아이도 많지 않다고 어디서 주워들은 적이 있었다. 좌우간에 어린 귀신들이 줄어들자 저승차사가 애총으로 행차하는 일도 뜸해졌다.

애들은 자기들도 귀신이면서 검정 옷을 입고 창백한 얼굴로 찾아오는 차사님을 무서워했다. 알 것 다 아는 어른 귀신이 저승차사를 겁내면 그러려니 하겠는데, 저승에 대해 잘 모르는 아이 귀신들은 왜 차사를 두려워하는 걸까? 차사가 나타나면 어린 귀신들은 멀대나무 뒤에 숨었다. 한번은 이유를 물어봤더니 아이 귀신들은 꼬마를 올려다보거나 고개를 젓기만 했다. 하기야 꼬마는 붉은색도 싫어하고 팥도 싫어하는데 그 이유를 설명하기는 어렵다.

하여간에 꼬마는 귀신이 아니고 도깨비라서 차사님이 무섭지 않았기에 애들을 대신해서 따져주었다. 차사님이 애총에 자주 들르지 않으면, 바로 환생하고 싶은 애들이 여기 와도 저승에 갈 수가 없잖아요! 멀대나무 뒤에 다닥다닥 붙어 나무 옆으로 고개만 쏙쏙 내민 어린 귀신들이 다 같이 고개를 끄덕였다. 차사님은 잠깐 고민하는 듯하더니 애총 뒤에 불쑥 튀어나와 있던 막대기 같은 것을 쑥 뽑았다.

이게 뭔지 아니?

막대기요.

이것은 피리란다.

그래서요?

장차 내가 안 올 때 이걸 불면, 애총에 나를 기다리는 애가 있는 걸로 알고 곧장 오마.

알았어요.

차사님에게 아무 생각도 없는 줄 알고 큰소리를 뻥뻥 쳤던 꼬마는 어쩐지 머쓱해진 채로 얼렁뚱땅 피리를 받았다.

피리를 쓸 기회는 영 없었다. 그 뒤로도 차사님은 종종 애총에 들렀고 애들은 점점 줄었으며 마지막까지 남아 있던 서넛이 한꺼번에 떠난 후로 몇 년이 흘렀는지 알 수 없었다. 애들이 애총에 하나도 없던 동안에도 차사님은 가끔 애총을 찾았지만 방문 간격이 점점 길어졌다. 보름 만에 한 번, 한 달 만에 한 번, 반년 만에 한 번……. 코빼기도 비치지 않은 지 이제는 몇 년이나 된 참이었다.

전날 밤에 너무 돌아다닌 탓에 피곤했는지 붕어빵 포장마차가 장사를 접고도 남았을 시간에야 깨어났다. 꼬마가 깨어나기만을 기다리며 애총 주변을 빙빙 돌던 빡빡이는 꼬마가 깨어나자 반가워서 펄쩍 뛰었고, 꼬마도 빡빡이를 보자마자 피리 생각을 했다.

"빨리 차사님을 부르자!"

"차사님?"

빡빡이도 귀신은 귀신이라 그런지 만나본 적도 없는 차사님의 이름만 듣고서도 두려움을 내비쳤다.

"응. 너 빨리 환생하고 싶지 않아?"

"빨리 환생해서 엄마 아빠하고 가족으로 다시 태어나고 싶어."

"그래? 그건 특이하다. 옛날에 어떤 애는 다시는 원래 가족 안 만나고 싶다고 했는데."

"왜?"

"엄마 아빠랑 형들이 엄청 때려서."

아무튼 이것만 있으면, 하고 꼬마는 으스대며 피리를 꺼냈다. 피리 주둥이를 가볍게 물고 힘껏 불었다. 그런데 피리에서는 아무 소리도 나지 않았다. 얼굴이 빨개지도록, 양쪽 뺨에 핏발이 서도록 힘껏 피리를 불었지만 아무 소용도 없었다. 빡빡이는 피리 분다더니 왜 안 불어? 하는 듯한 표정이었고, 꼬마는 빡빡이의 빤히 쳐다보는 눈길 때문에 부끄러워졌다.

"야, 뭘 그렇게 쳐다봐!"

"그냥 봤다, 왜!"

꼬마는 씩씩대며 피리를 팽개쳤다. 내동댕이쳐진 피리를 빡빡이가 주워 들었다.

"네가 한번 불어보던가!"

"안 그래도 지금 해보려고 하잖아."

피리를 부는 쪽이 빡빡이, 쳐다보는 쪽이 꼬마로 바뀌었을 뿐 똑같은 일이 벌어졌다.

"이거 진짜 피리 맞아?"

한참 만에 얼굴이 빨개진 빡빡이가 피리를 내밀며 물었다. 꼬마도 차사님이 그냥 속이 텅 빈 막대기를 피리라고 속인 것이 아닌지 의심하던 참이었다. 하지만 무엇 때문에 그러겠는가? 욕심 많은 김 서방도 아니고, 저승차사씩이나 되어가지고 꼬마 도깨비를 속여 무슨 이득을 본다고.

"이상하다, 그럼 이제 차사님을 어떻게 부르지."

"차사님하고 꼭 만나야 환생할 수 있어?"

"저승에 가야지 환생을 하지. 저승에 가려면 차사님을 모셔야지."

꼬마의 말에 빡빡이는 울상을 지었다.

"그럼 난 이제 환생 못 하는 거야?"

그런가? 꼬마는 울먹울먹하는 빡빡이를 보며 엉뚱한 생각을 했다.

"아냐, 차사님 안 불러도 오시긴 오셔."

언제 오실지 모르긴 하지만 말이지. 꼬마는 음흉하게 웃으며 생각했다. 한동안 원 없이 같이 놀 동무가 생긴 걸지도 몰랐다. 이제 올지 저제 올지 모르는 차사님을 기다릴 동안, 빡빡이는 하릴없이 애총에 머무를 테니까. 둘이서도 할 수 있는 놀이는 무궁무진했다. 숨바꼭질, 달리기 시합, 쎄쎄쎄, 무궁화 꽃이 피었습니다, 어쩌면 빡빡이에게 붕어빵 심부름도 시킬 수 있을지 몰랐다. 꼬마는 슈크림 붕어빵을 먹으려 할 때처럼 입을 반달 모양으로 벌리고 웃었다. 꼬마의 속내를 알 턱 없는 빡빡이가 멋모르고 꼬마를 따라 웃었다.

바로 그때였다.

"아아악!"

비명소리가 밤하늘을 찢으며 솟아올랐다. 또 시작이었다, 병원의 그 비명 귀신. 이제 자정인가 보군. 그날따라 꼬마에겐 비명소리가 대수롭지 않게 들렸지만 전날 혼비백산까지 했던 빡빡이는 또 부들부들 온 혼백을 떨어댔다. 아차, 저 귀신이 아직 있는 한 얘가 달아날 수도 있겠다. 아니, 애초에 그 비명귀신하고 담판을 지으러 갔다가 빡빡이를 만났지. 꼬마는 턱을 어루만지며 골똘히 생각에 잠겼다가 입을 열었다.

"야, 나랑 같이 저 귀신 보러 갈래?"

"뭐라구?"

빡빡이는 또 사방팔방 흩어져버릴 기세로 부들부들 떨었다.

꼬마는 다급하게 빡빡이를 붙들며 마저 말했다.

"막상 가보면 아무것도 아닐걸? 나 이래 뵈도 400년인가 500년인가 살았는데, 옛날부터 어른 귀신보다 아이 귀신이 더 무섭고 강하다고 그랬어. 그리고 무서워봤자 너도 귀신이고 저것도 귀신이야. 가서 시끄럽다고 한마디 해주고 오자. 어때?"

"같이 가는 거야?"

"그럼! 어제도 저 귀신 만나러 갔다가 너랑 마주친 거야, 나는."

꼬마는 멋진 쐐기무늬 모자를 뒤집어쓰고 도깨비불로 변신했다. 반딧불이처럼 가볍게 날아올라 병원 방향으로 속도를 높였다. 빡빡이는 반신반의하는 표정으로 꼬마의 뒤를 따랐다.

병원에서 나는 비명소리는 자기가 어디 있는지 제발 찾아내달라는 듯 계속해서 이어졌다. 숨이 모자라 끊어질 듯 끊어질 듯하다 다시 날카롭고 우렁차게 이어지는 비명소리, 그건 3층 서쪽 어디쯤에서부터 흘러나오고 있었다. 가까이 다가갈수록 비명소리가 더 크게 들려왔다. 빡빡이는 용감하게 수술실 창문으로 곧장 들어갔고 꼬마는 서쪽 비상계단에 착륙했다.

비명소리가 들려오는 수술실에 들어간 꼬마는 우선 빡빡이를 보았다. 빡빡이는 눈앞의 광경에 너무 놀라고 겁에 질린 나머지 눈도 떼지 못하는 것 같았다. 다음으로는 수술대에 누워있는 여자 어른 귀신을 발견했다. 그리고는 여자 어른 귀신의 치마 밑으로 흥건하게 고인 피 웅덩이를 보았다. 아까 슬쩍 애기했듯 도깨비는 붉은색을, 김 서방들의 피 색깔을 무척 싫어한다. 싫어하다 못해 무서워한다. 그래서 꼬마는 수백 년 도깨비 생애가 무색하게도 기절하고 말았다. 꼬마로서는 처음으로 기절하는 것이었다.

정신이 좀 들어?

빡빡이의 목소리였다. 빡빡이는 보이지 않는데 빡빡이 목소리가 머릿속에서부터 들려오는 것 같았다. 꼬마는 그래서 눈을 떴다. 이제야 눈을 떴다고 생각했는데 꼬마는 이미 똑바로 서 있었다. 하물며 아까 꼬마를 기절하게 만들었던 여자 어른 귀신 바로 곁에 서 있었다. 귀신의 다리 쪽 대신 얼굴만 쳐다보니 기절하지 않고 버틸 만했다. 비록 맵고 아리고 코리코리한 빨간색 냄새가 온 방 안에 넘실거리기는 했지만.

어떻게 된 거야?

나도 잘 모르겠는데, 너 깨우려고 손대니까 내가 네 몸으로 쏙 빨려들었어.

아, 강신이구나.

강신이 뭐야?

김 서방 몸에 귀신이 들어가는 거야.

너는 사람이 아니잖아?

그러게? 도깨비한테 귀신이 들어갔다는 얘기는 나도 못 들어봤어.

꼬마와 빡빡이는 꼬마의 몸속에서 서로 대화를 주고받다가 동시에 소리 내서 말했다.

"아줌마, 시끄러워요."

그 와중에도 여자 어른 귀신은 비명을 꽥꽥 질러대고 있었던 것이다.

"뭐니, 너희는?"

귀신 아줌마는 질끈 감았던 눈을 동그랗게 뜨고 물었다. 뭐야, 비명만 지를 줄 아는 게 아니었어? 꼬마는 조금 억울한 마음이 들었다. 하지만 그보다 신기한 느낌이 좀 더 컸다.

"나는 도깨비."

"나는 귀신이래요."

꼬마와 빡빡이는 꼬마의 입으로 차례차례 말했다. 아줌마는 어안이 벙벙해져서는 수술대에서 몸을 일으켰다. 배가 언덕처럼 둥그렇게 불러 있었지만 귀신이다 보니 어렵잖게 일어날 수 있었다.

"내가 시끄러웠니?"

"네, 아줌마 맨날 소리소리 지르면서 울었잖아요."

"저는 아줌마 목소리 처음 들었을 때 너무 놀라서 찢어졌었어요."

"아, 미안해라. 그런데 내가 아기를 낳는 중이었거든……."

"무슨 아기를 몇 년 내내 낳아요?"

그동안 시달린 꼬마는 저도 모르게 버럭 화를 내고서는 아차 하고 입을 다물었다. 아줌마의 눈에 어룽어룽 눈물이 맺혀 주륵 주륵 흘러내렸다.

"몇 년이나 지난 줄은 몰랐어. 아기를 낳다가 힘이 다해서, 정신이 없어서⋯⋯. 아기를 끝까지 낳았는지 못 낳았는지 기억이 안 나서⋯⋯. 이번에야말로 아기를 무사히 낳아야지 하고 힘을 쥐어짜다 보니까⋯⋯."

그러더니 아줌마는 어린애처럼 흐앙 하고 울었다. 날마다 비명을 질러대던 목청이라 울음소리도 작지 않았다. 도깨비라서 잘은 모르지만 듣자하니 아기를 낳는 일은 목숨이 왔다 갔다 할 만큼 위험하고 세상에 둘도 없이 아프다고 하던데, 이 아줌마는 그게 끝난 줄도 모르고 몇 날이고 몇 년이고 그 일을 되풀이한 거로구나. 꼬마는 잘 알지도 못하고 아줌마를 미워한 게 부끄러웠고 또 아줌마가 불쌍했다. 빡빡이도 비슷한 생각을 하고 있는 듯했다.

"아줌마, 애총 갈래요?"

먼저 말한 건 빡빡이였다.

"애총이 뭔데?"

"거기 있으면 저승차사님이 데리러 온대요. 다시 태어나게 해준대요."

"여기서 머니?"

아니요, 바로 앞이에요, 하고 빡빡이가 대답하려는데 아줌마가 계속 말했다.

"나, 우리 아기 보고 가야 하는데……. 우리 아기, 살았는지 죽었는지도 모르는데……."

이번에는 꼬마가 나섰다.

"아기가 죽었으면 애총에 왔을 텐데 요 몇 년 사이에 갓난아기 귀신은 본 적 없어요."

"그러니?"

"아줌마 아기 이름이 뭔데요?"

이번에는 빡빡이 차례였다. 아줌마는 조금 망설이는 듯하다가 말했다.

"지수."

"지수 형 우리 아파트에 있었는데? 레이크팰리스메르디앙 아파트."

"어머, 맞아. 우리 아들 지수 맞아."

아줌마는 웃으면서도 눈물을 와락와락 쏟았다.

"살았구나, 우리 아기 살았어."

꼬마와 빡빡이는 꼬마의 몸속에서 하이파이브를 했다. 몇 년을 하루같이 비명을 질러대던 귀신 사건을 이렇게 손쉽게 해결해버리다니. 아줌마는 수술대에서 가볍게 날아올랐다. 애총 언덕처럼 볼록 나왔던 배가 슬슬 들어가고 피로 물든 수술복이 맑은 파랑색 원피스로 변했다.

"가자, 얘들아."

꼬마와 빡빡이와 아줌마는 수술실을 나와 병원 3층 비상계단에서 애총까지 날아서 왔다.

한동안 그렇게 셋이서 지냈다. 귀신이랑 도깨비를 합쳐서 셋이나 되니까 둘일 때보다 할 수 있는 놀이의 가짓수도 늘어났다. 둘이서는 못 하는 얼음땡, 셋부터 할 수 있는 꼬마야꼬마야 줄넘기 놀이, 꼬마는 그간 못다 논 한을 이참에 풀겠다는 듯 실컷 놀았다. 컴퓨터, 모바일, 콘솔 게임만 할 줄 알던 빡빡이도 금세 놀이를 배워 밤새 자지러지게 웃어댔다.

한밤중에 찢어지도록 비명을 질러 산통을 깨는 존재도 이제는 없고 붕어빵 먹으러도 다 같이 갈 수 있었다. 아줌마는 왜 붕어빵을 사 먹지 않고 훔쳐 먹느냐고 꼬마를 혼냈고, 단 한 번도 뭔가를 돈 주고 사본 적 없는 꼬마는 아주 잠깐이지만 아줌마를 괜히 구해줬다고 생각했다.

아줌마는 꼬마에 비하면 죽은 지 얼마 안 된 초짜 귀신이라도 어쨌든 어른이라서 김 서방들의 규칙에 대해서 많이 알았다. 꼬마는 못된 생각을 뉘우치고 애총을 파서 골라낸 금가락지 옥가락지 따위를 눈으로 정성껏 씻어 붕어빵 포장마차를 찾아갔다. 어김없이 졸고 있던 할머니는 도깨비감투를 쓴 꼬마가 금은보화 한 주먹을 유리 진열대 위에 올려둔 것도 몰랐다.

"그런데 차사님은 대체 언제 오는 거니?"

그렇게 며칠이 흘렀을까, 아니 몇 달은 흘렀을지도 모른다. 귀신과 도깨비들은 하루가 사람보다 짧은데 남은 날은 무한정 이어서 시간감각이 어설펐다. 아무튼 아직은 언덕에서 겨울잠을 자는 뱀과 개구리들이 깨어나지 않은 어느 날에 아줌마가 물었다. 꼬마는 일부러 아무 말 않고 있었는데 눈치 없는 빡빡이가 꼬마의 주머니에 삐죽 튀어나와 있는 피리를 가리켰다.

"저걸 불면 차사님이 온다는데, 아무 소리도 안 나요."

"그래?"

아줌마는 허락도 없이 꼬마의 주머니에서 피리를 쑥 뽑아 갔다.

"어머, 단소구나."

"단소가 뭐예요?"

"너희들도 좀 더 크면 배웠을 텐데……. 소리가 안 났다고?"

"네."

"안 날 만도 하지, 어른들한테도 불기 어려운 거야."

아줌마는 단소를 눈밭에 묻어서 씻은 다음 입술에 댔다. 빨대처럼 끄트머리를 입 전체로 물고 후 불었던 꼬마와 빡빡이와는 사뭇 다른 자세였다. 후— 후— 반은 바람 새는 소리, 반은 대나무 속으로 콧노래가 불어넣는 듯한 소리가 났다.

"오랜만이라 잘 안 되네."

아줌마는 노래를 부를 것도 아니면서 흠흠 목을 가다듬고 다시 단소를 불었다. 퉁 퉁 하고 둥글면서도 투명한 소리, 누가 들어도 정확히 피리 소리라고 인정할 수밖에 없는 소리가 나기 시작했다. 도라지 도라지 백도라지, 태태태 태 황무 중 임중 태 황무. 꼬마는 저벅저벅 발소리를 들었다. 빡빡이나 아줌마는 모르겠지만 몇백 년 사이 수천, 수만 번 차사님을 맞이했던 꼬마는 그 발소리가 누구 것인지를 단숨에 알아차렸다.

"차사님이 오셨다."

멀대나무 앞에 발자국이 먼저 생겼고 발자국을 덮으며 검정색 발이, 검정색 발로부터 검정 바지를 입은 종아리, 허벅지가 나타났다. 아래에서 위로 투명한 결계가 지워지듯 저승차사의 모습이 드러났다.

"오랜만이구나, 도깨비 꼬마."

"차사님!"

꼬마는 너무나 오랜만에 만나는 차사님이 반가운 나머지 차사님 다리를 와락 끌어안았다. 차사님은 인연에 잔정을 두는 분이 아니었지만, 차사님도 꼬마가 반가웠는지 내치거나 밀어내지 않고 가만히 계셨다. 도리어 차사님을 부르고 싶어했던 아줌마와 빡빡이는 차사님이 무서워 부들부들 떨었다. 특히 빡빡이는 금세라도 또다시 혼비백산할 태세였다.

"그래, 저승 가실 준비는 되었는가…… 들?"

차사님의 물음에 빡빡이는 기절할 듯 놀라더니 그래도 씩씩하게 답했다.

"네!"

"저도, 네!"

어른인 아줌마도 빡빡이처럼 야무지게 말했다. 차사님은 자기 허리끈 끄트머리를 풀어 얇은 실 한쪽 끝을 빡빡이와 아줌마에게 주었다. 어떻게 하라고 가르쳐주지도 않았는데 빡빡이도 아줌마도 그것을 자기 허리춤에 묶었다.

"그럼 다음에 또 보자꾸나, 꼬마."

차사님이 인사했고 꼬마는 고개를 끄덕였다. 울음이 터질 것 같았지만 꾹꾹 참았다. 엉터리로 단소를 불려고 할 때처럼 양 볼이 미어지는 느낌이 들었고, 염통도 없는 가슴팍이 따끔따끔 아팠다.

"잠깐만요."

차사님이 발을 굴러 저승으로 넘어가려는 찰나 빡빡이가 차사님의 소매를 붙들었다. 꼬마는 울려던 것도 까먹고 깜짝 놀랐다. 저러려고 얼마나 용기를 쥐어짜냈을까? 귀신들은 차사님을 무서워하는데, 심지어 같은 귀신한테 겁먹어 혼비백산까지 했던 빡빡이가 차사님을 멈춰 세우려고 소매를 잡다니.

"쟤도 같이 가면 안 돼요?"

빡빡이가 꼬마를 가리키며 물었다. 무서워서 벌벌 떨면서도 할 말은 하는 애였다.

"도깨비가 윤회의 법도에 들어가는 얘기는 들도 보도 못했단다."

차사님은 차분하고 단호하게 말했다.

"저 애를 못 데려가신다면 제가 잠시 남을까 봐요."

아줌마도 머뭇머뭇하다 말했다.

"피리를 불어야 차사님이 온다던데, 저 애는 단소 부는 법을 모르더라고요. 그거라도 제가 가르치고 가면 안 될까요?"

아줌마의 말에 차사님은 쯧 하고 혀를 찼다.

"단소에 대해서는야, 내 생각이 짧았네. 여기를 더 자주 둘러 봐야겠군."

아줌마는 환히 웃으며 꼬마를 보았다. 꼬마도 한층 밝아진 얼굴로 아줌마와 빡빡이를 보았다. 그런데 차사님의 말씀은 아직 끝난 게 아니었다.

"자네를 억지로 데려갈 수는 없네. 하지만 자네 같은 이는 이 승에 머문 시간이 길면 길수록 윤회가 불리해진다네. 오래 머물 수록 업이 쌓이고, 업이 많으면 속히 윤회하기는커녕 벌 받는 시간만 곱절 갑절로 길어지게 되어 있어. 그래도 괜찮은가?"

그건…… 하고 아줌마는 입을 다물었다. 하물며 이승에서 몇 년이나 아기 낳는 고통을 되풀이하며 머무른 아줌마였다. 한시 라도 바삐 저승으로 떠나고 싶을 텐데 언제까지 더 있어야 하는 줄도 모르고 업보만 더 쌓도록 할 수는 없었다.

"아줌마, 그냥 가세요. 나는 괜찮아."

"꼬마야."

"또 누가 애총으로 찾아올지 모르는데 내가 없으면 그 애들 은 어떡해? 옛날처럼 저승 가는 법 모르는 애들 모아서 놀고 있으면, 차사님이 또 찾아오면 돼요."

　꼬마는 옛날처럼 애총에 아이를 묻는 사람도, 죽어서 찾아오는 애들이 많지 않다는 것도 쏙 빼놓고 씩씩하게 말했다. 많지는 않지만 어쨌든 없지는 않을 거고, 빡빡이하고 만날 때 그랬듯 차사님들이 모르고 지나간 애들을 꼬마가 스스로 찾아다녀도 되니까. 친구는 앞으로 얼마든지 다시 만들 수 있었다. 차사님은 가볍게 한숨을 내쉬고 꼬마에게 다가왔다. 아줌마와 빡빡이의 허리춤과 엮인 차사님의 허리끈이 빛을 내며 죽 늘어났다.

　"윤회의 법도에 너 같은 도깨비가 들어간다는 얘기는 들어본 적 없다만, 네가 그동안 이승에서 저승으로 혼백들을 무사히 보내준 공덕을 생각해 사람으로 다시 태어나게 해줄 수도 있다. 그것을 원하니?"

　차사님은 꼬마의 머리에 손을 얹고 물었다. 꼬마는 가만히 차사님을 올려다보았다. 김 서방이 되면, 사람이 되면 재미있겠지? 학교에 가서 친구들을 많이 사귀고, 누군가와 서로 좋아하게 되고, 어른이 되고, 또 아이를 낳을 수 있겠지? 이 모든 일에 끝이 있겠지. 지금까지의 수백 년과 앞으로의 영원, 지긋지긋한 영원으로부터 영원히 도망칠 수 있겠지. 꼬마는 사람이 되고 싶었다. 조금쯤은 그랬다. 그렇지만,

　"아직은 잘 모르겠어요."

　"그럼 다음에 또 이야기하자꾸나."

　"네, 안녕히 가세요! 잘 가 빡빡아, 안녕히 가세요 아줌마!"

차사님은 발을 굴렀고 빡빡이와 아줌마는 손을 흔들며 사라졌다. 오랜만에 겪는 작별이 슬펐지만 슬프기만 하지는 않았다. 친구를 사귈 시간은 넉넉했고 친구를 사귀는 새로운 방법도 알게 되었으니까. 게다가 어쩌면, 오래 또 오래 지나고 나면 단소가 꼬마처럼 도깨비가 될지도 몰랐다. 꼬마는 원래 팽이였다. 오랜 옛날 어떤 애가 제 몸처럼 아끼던 거였는데, 팽이 주인과 함께 묻혔다가 도깨비로 변해서 애총에서 튀어나온 거였다. 예부터 특별히 아껴 손때 타고 정이 묻은 물건은 도깨비가 된다고 했다. 누가 알겠는가, 아끼고 아끼며 매일 연습하다 보면 단소도 팽이처럼 도깨비가 되지 않을지.

아, 붕어빵 먹고 싶다!

꼬마는 붕어빵을 떠올렸다. 매일 포장마차를 열고 항상 꾸벅꾸벅 조는 붕어빵 할머니 생각을 했다. 슈크림 붕어빵이 무척 먹고 싶었고 할머니가 꼬마의 선물을 받아주셨을지 궁금했다.

보름달이 멀대나무 어깨에 걸려 있어 포장마차가 아직 열려 있을지 벌써 닫혔을지 알 수 없었다. 꼬마는 눈에 고여 있던 눈물을 훌쩍 훔치고 멋진 쐐기무늬 털모자를 푹 뒤집어썼다.

도깨비불로 변신한 꼬마는 단숨에 언덕 아래로 내려왔다. 붕어빵 포장마차가 아직 열려 있었다. 원래 몸으로 변해 찻길을 건넌 꼬마는 붕어빵 유리 진열장 위에 자기가 올려둔 패물 한 주먹이 그대로 남아 있는 것을 발견했다. 할머니는 누군가 그걸 잃어버렸다고 생각해 손도 대지 않은 모양이었다.

이건 선물인데, 그동안 붕어빵 마음대로 훔쳐 먹어서 죄송해서 드린 건데.

할머니는 여전히 졸고 있었다. 꼬마는 조금 망설이다가 멋진 쐐기무늬 털모자를 천천히 벗었다. 붕어빵 포장마차 앞에 서 있는 꼬마의 모습이 머리에서부터 천천히 나타났다.

"할머니, 안녕하세요. 붕어빵이 먹고 싶어서 왔어요."

꼬마의 목소리에 할머니가 천천히 눈을 떴다.

이건 비밀인데

　믿거나 말거나, 오래전에 도깨비를 본 적 있다. 혼자 학교 뒷산에 올라갔을 때였는데, 내가 올라앉아 있는 나무 근처로 동네에서 한 번도 본 적 없는 또래 아이가 지나가고 있었다. 낙엽이 많이 쌓여 푹푹 꺼지는 바닥이라 올라올 때 나는 제법 고생을 했는데 걔는 소금쟁이처럼 발이 가벼웠다. 도깨비가 틀림없었다.

　쟤한테 줄 거 뭐 없나? 급하게 호주머니를 뒤져보았다. 나는 도깨비 이야기를 많이 읽었기 때문에 그럴 때 어떻게 해야 하는지 조금은 알았다. 도깨비들은 은혜도 원수도 끝내주게 갚는 성격이라 무조건 잘 보여야 한다. 도깨비와 친구가 되면 날마다 선물을 받을 수 있다. 그래서, 그때 내 주머니에선 뭐가 나왔더라? 기억나는 건 단추. 학교에서 싸우다가 떨어뜨린, 내 것인지 나랑 싸운 애의 것인지 잘 모르겠는 은색 단추…….

　별건 아니지만 이거라도 한번 줘볼까? 은화라고 거짓말하면서 주면 속지 않을까. 내 꿍꿍이를 읽었는지 도깨비는 금세 자취를 감췄다. 아쉬웠다. 그렇지만 도깨비에게 거짓말을 하다 들켜서 날마다 괴롭힘을 당하는 것보다는 그 편이 나았다. 도깨비를 보기 전에 나는 울고 있었는데, 어느덧 울음을 그친 참이기도 했다.

애초에 도깨비는 왜 내 앞에 나타났을까? 도깨비들은 몸을 투명하게 만드는 도깨비 감투를 지니고 있어서 모습을 숨기고 싶을 때는 얼마든 숨길 수 있다. 그런데도 내게 보였다면, 일부러 보여준 거라고 생각하는 편이 합리적이다. 기껏 모습을 드러냈다가 다시 숨은 이유는 도통 짐작이 가지 않지만. 어쩌면 그쪽도 친구가 필요했던 게 아닐까? 그래서 용기를 쥐어짜 감투를 벗었는데, 내가 너무 욕심이 많아 보여서, 또는 아무래도 수줍은 성격이라서 도로 숨어버린 게 아닐까.

그 뒤로는 혼자 있을 때에도 완전히 혼자 있는 것 같지 않았다. 감투를 써서 투명해진 도깨비가 내 곁을 맴돌고 있을지도 모른다고 생각하면 조금 오싹하기도 하고 조금 든든하기도 했다. 나는 그 마을을 떠난 지 오래고, 여전히 어린이 모습을 하고 있을 개하곤 다르게 몸도 쑥 커버렸지만, 어쩌면 지금도 내 곁에 감투 쓴 꼬마 도깨비가 있을지도 모른다고 종종 생각한다.

아쉽지만 귀신은 아직 본 적 없다. 언젠가 귀신을 볼 가능성보다는 직접 귀신이 될 가능성이 높지 않을까? 어디서 읽은 이야기처럼 귀신이 되어서 누군가와 눈이 마주친 다음 "내가 보

이나요?"라고 묻는 상상을 가끔 한다. 정말 그러면 재미있을 것
같다.

박서련

숨은 머리 찾기

남유하

남유하

아직 일어나지 않은 일, 어쩌면 일어날 수도 있는 일에 대해 상상하기를 좋아한다. 2018년 과학소재 장르문학 단편소설 공모 우수상과 한낙원과학소설상을 받았으며, 지은 책으로 소설집 《다이웰 주식회사》, 《부디 너희 세상에도》, 동화집 《나무가 된 아이》, SF 동화 《우리 할머니는 사이보그》 등이 있다. 소설집 《다이웰 주식회사》에 수록된 단편 〈국립존엄보장센터〉는 2019년 미국 SF 잡지 《클락스월드》에 번역, 소개되었다. SF와 호러, 동화 등 다양한 장르를 오가며 글을 쓰고 있다.

그 애가 내게 찾아왔다. 머리가 없는 채로.

밤 10시, 노크 소리에 나가보니 바이올렛이 현관문 앞에 서 있었다. 목 주변을 감싼 레이스에는 피가 눌어붙었고, 회색빛 피부에는 짙은 남색 혈관이 도드라져 있었다. 흰색이었을 드레스는 누렇게 바랬다. 당연한 말이지만 냄새도 났다. 나는 바이올렛의 머리가 없는 것보다 그 애가 나를 찾아왔다는 사실에 더욱 놀랐다.

우리 마을에서는 죽은 지 39일째 되는 날, 죽은 자가 무덤에서 돌아온다. 묘지에 가매장된 상태에서 관 뚜껑을 열고 나와 마을로 돌아오는 것이다. 돌아오는 모습은 두 가지다. 살아생전 모습 그대로 오거나, 머리가 없는 채로 오거나. 어쨌든 그들은 가장 소중한 사람에게 온다. 대개는 가족이나 연인, 배우자에게. 드물게는 할아버지, 할머니 혹은 스승에게. 친구에게 오는 일도 적지 않다. 그런데 바이올렛이 내게 올 줄은 몰랐다. 그 일을 겪고도 나를 소중하게 생각하다니 뭔가 잘못된 게 아닐까? 혹시 머리가 없어서 집을 잘못 찾아온 거라면?

"왜 나한테 왔어?"

나는 궁금증을 참지 못하고 물었다.

"왜? 내가 와서 싫어?"

살아 있을 때보다 거친 말투였다. 바이올렛의 목소리는 목에 남아 있는 성대가 아니라 아랫배 어디쯤에서 나는 것 같았다.

"아니, 좋아. 좋지만 부모님도 계시고 너희 언니 부부도 있잖아."

또 한 사람, 그 애의 남자친구가 될 뻔한 인물이 떠올랐다. 필립. 그 이름은 꺼내고 싶지 않았다.

"그러게 말이야. 사실은 너를 가장 사랑했나 봐. 나도 너에게 오게 될 줄은 몰랐어."

바이올렛의 목소리에 웃음기가 섞여 있었다. 약간 마음이 놓여 나도 덩달아 웃음이 나왔다.

"어서 와. 아주 잘 왔어."

나는 문을 활짝 열고 바이올렛을 집 안으로 이끌었다. 그 애는 내 팔을 잡고 천천히 걸어 들어왔다.

"기왕이면 목을 달고 오지 그랬어. 네 얼굴 보고 싶었는데."

"그게 내 맘대로 되는 게 아니더라고."

바이올렛이 어깨를 으쓱했다. 나는 죽어보지 않았지만 뜻대로 되지 않는다는 것쯤은 알고 있었다. 우리 부모님도 내게 머리 없는 채로 돌아왔다. 누구에게도 말한 적은 없다.

"새벽이 오기 전에 내가 네 머리를 찾아야 하는 거지?"

"응."

망자가 머리 없이 찾아온 경우, 망자의 방문을 받은 사람은 마을 어딘가에 숨겨진 머리를 찾아내야 한다. 새벽이 오기 전에 찾지 못하면 그 영혼은 어둠의 세계로 가게 된다. 망자는 그 장소를 어렴풋이 알고 있지만 말해줄 수 없다. 그 장소에 대해 발설하는 순간 역시 어둠의 세계로 가기 때문이다. 돌아올 때부터 머리가 있거나, 사랑하는 사람이 머리를 찾아준 영혼만 빛의 세계로 갈 수 있다. 이런 얘기를 다른 마을 사람이 듣는다면 머리 없는 자들이 무슨 잘못을 저지른 게 아니냐고 지레짐작할 것이다. 하지만 우리 마을 사람들은 머리의 유무가 그들의 삶과 전혀 관련이 없다는 걸 안다. 머리 없이 돌아온 사실을 자랑삼아 얘기하지도 않지만.

나는 괘종시계를 봤다. 10시 15분이었다. 벌써 15분이 지났다. 요즘 같은 계절에는 해가 일찍 뜬다. 5시쯤 해가 뜬다고 가정하면 내게는 7시간 남짓 남은 것이다. 꾸물거리고 있을 시간이 없다. 내 잘못으로 바이올렛이 어둠의 세계로 가길 원하지 않는다. 절대로 그런 일이 일어나서는 안 된다.

"여기 앉아. 아니면 좀 누워 있을래?"

나는 바이올렛을 소파로 데려가며 물었다.

"38일 동안 관 속에 누워 있었어. 너라면 눕고 싶겠어?"

그 애의 유머 감각이 남아 있어 다행이었다. 나는 일부러 더 크게 웃었다.

"소파면 충분해. 내 걱정은 말고 머리나 찾아와."

바이올렛이 말했다. 나는 그 애를 볼 때마다 머리가 없다는 사실에 새삼 놀랐다. 내 의식은 여전히 그 애의 머리—공처럼 동그란 뒤통수와 다홍색 머리카락, 작고 못생긴 귀, 콧등에 난 주근깨 같은 것들—를 기억하고, 그 자리에 있다고 믿고 싶어 했다.

바이올렛을 소파에 앉히고 서둘러 외출 준비를 했다. 잠옷을 벗고 말 탈 때 입는 바지와 아빠가 입던 셔츠로 갈아입었다. 어제 비가 온 터라 땅이 질 것 같아 장화도 신었다. 그리고 물통과 주방에 있던 마른 빵, 회중시계를 가방에 넣고 둘러맸다. 문을 열고 나가려다 하마터면 바이올렛에게 뭐 좀 마실래? 라고 물어볼 뻔했다.

"다녀올게."

"되도록 빨리 와. 떠나기 전에 너랑 얘기하고 싶어."

"알았어."

그거야말로 내가 바라는 바였다. 바이올렛에게 묻고 싶은 게 많았다.

오두막 문을 열고 밖으로 나왔다. 바이올렛의 머리가 있을 만한 첫 번째 장소라면, 당연히 나무집이다. 나무집은 우리 집에서 멀리 떨어지지 않은 벚나무 위에 있었다. 아빠는 우리가 다섯 살 때 나무집을 만들어주었다. 한겨울을 빼면, 우리는 집에 있는 시간보다 나무집에서 보내는 시간이 더 길었다. 바이올렛과 언제부터 친구였는지는 기억나지 않는다. 내 기억이 시작된 지점에는 엄마, 아빠와 더불어 바이올렛이 있었고, 그건 그애도 마찬가지였다. 바이올렛의 집은 우리 집에서 세 집 건너 있었고, 부모님들끼리도 친했다. 여름이 되면 우리는 서로의 정원에서 바비큐 파티를 열었다.

기억을 더듬어 뒷산 쪽으로 걷다 보니 커다란 벚나무가 나났다. 8월 초답게 푸른 잎이 무성해서 나무집이 잘 보이지 않았다. 지금이 4월이면 좋겠다고 생각했다. 겨울이 지나고 추위가 누그러지면 우리는 4월이 오기를 손꼽아 기다렸다. 벚꽃이 질 무렵 바람이 불면 나무집 안에서 연분홍색 꽃잎이 눈처럼 휘날리는 걸, 보기만 해도 기분이 좋았다. 바이올렛과 나는 나무집에서 책도 읽고 일기도 쓰고, 바이올렛의 엄마가 내주는 숙제를 하기도 했다. 하지만 대부분은 무언가를 먹으며 놀았다. 엄마가 구워주는 쿠키나 머핀, 그리고 제철 과일을 먹었다. 봄에는 딸기, 여름에는 복숭아, 가을에는 사과와 배. 여름이 되면 나는 수박을 먹고 싶었지만 바이올렛은 수박을 먹으면 두드러기가 나는 체질이라 참아야 했다. 바이올렛이 집으로 돌아가고 부모님과 저녁을 먹고 나면 포치에 놓아둔 흔들의자에 앉아 수박을 먹고 씨를 멀리멀리 뱉었다. 지금 내 곁에는 엄마도, 아빠도, 바이올렛도 없다. 혼자서는 어떤 과일을 먹어도 맛을 모르겠다.

부모님은 지난해 봄, 내 열네 살 생일을 일주일 앞두고 돌아가셨다. 사고였다. 이웃 마을에 서랍장을 배달하고 오다가 낭떠러지에서 마차가 굴러떨어졌다. 비나 눈이 온 것도 아닌데 매번 오가던 길에서 왜 사고가 났을까. 말이 갑자기 놀랄 일이라도 있었을까.

마을 사람들과 바이올렛 부모님의 도움으로 엄마 아빠의 장례를 치르고 묘지에 임시로 묻었다. 구덩이를 파 관을 넣고, 관 뚜껑에 못을 박지 않은 채 닫아놓았다. 그리고 39일째 날이 오기만을 기다렸다. 엄마 아빠가 내게 찾아오면 어쩌다 사고가 났는지 물어볼 수 있으니까.

"엠마, 우리 집에서 함께 지내자."

장례를 치른 뒤 바이올렛의 엄마가 말했다. 나는 우리 집에 있고 싶다고 했다. 그러자 나를 혼자 둘 수 없다며 바이올렛이 짐을 싸 들고 우리 집으로 왔다. 바이올렛의 부모님도 순순히 허락했다. 나는 바이올렛이 끓여주는 맛없는 야채수프를 먹고, 밤이 되면 좁은 침대에서 그 애와 등을 맞대고 잤다. 엄마가 만든 테이블보에 난 구멍을 봤을 때처럼 전혀 예측하지 못한 상황에서 울음이 터지기도 했지만 바이올렛의 따뜻한 체온 덕분에 외롭지 않았다. 38일째 되던 날, 나는 바이올렛을 돌려보냈다.

"혼자 괜찮겠어?"

"당연하지. 우리 엄마 아빠잖아."

39일째 되던 날, 엄마 아빠가 내게 찾아왔다. 둘 다 머리가 없었다. 당연히 내게 찾아올 거라 예상했지만 머리가 없을 줄은 몰랐다. 나는 하룻밤 만에 두 사람의 머리를 찾아야 했다. 엄마의 머리는 금방 찾았다. 교회의 성가대 연습실에 있었으니까. 그런데 아빠의 머리는 끝내 찾지 못했다. 작업실에도, 단골 술집에도 없었다. 새벽녘이 되어서야 집으로 돌아온 나는 엄마에게 머리를 건네주었다. 엄마는 목 위에 머리를 얹었다. 그리고 내 귓가에 고마워, 라고 속삭였다. 엄마는 빛의 세계에, 아빠는 어둠의 세계에 가야 했다. 어쩌다 사고가 났는지 묻지 못했다는 건 부모님이 완전히 떠나고서야 알았다.

다음 날, 나는 걱정스러운 얼굴로 찾아온 바이올렛에게 말했다. 두 분을 잘 보내드렸다고. 빛의 세계로 가셨다고. 거짓말이었지만 거짓말이라고 생각하고 싶지 않았다. 진심으로 믿고 싶었다.

벚나무 앞에 다다라 나무집을 올려다봤다. 2년 만에 찾아온 나무집이었다. 바이올렛과 나는 열세 살 되던 해 키가 훌쩍 커서 자꾸만 나무집 천장에 머리를 부딪쳤다. 키만 문제가 아니었다. 몸무게도 다섯 살 때의 두 배가 되었다. 나무집 바닥이 삐걱거렸다. 언젠가 바닥이 무너져 아래로 뚝 떨어질지도 몰라, 라며 우리는 키득댔다. 그것보다 더 심각한 건 정수리에서 나는 냄새였다. 사춘기가 되어 호르몬 분비가 왕성해진 여자애 둘의 머리 냄새는 좁은 공간에서 감당하기에는 너무 지독했다. 우리는 나무집과 이별해야 할 시간이 다가왔음을 알았다.

돌보는 이 없이 방치된 사다리는 형편없이 낡아 보였다. 발판을 밟았다가 부러지면 어쩌나, 사다리를 엮은 밧줄이 끊어지면 어쩌나, 걱정하며 사다리를 잡아당겨봤다. 다행히 생각보다 튼튼했다. 금세 예전 기억이 떠올라 원숭이처럼 사다리를 타고 나무집으로 올라갔다. 지붕 위에는 새똥이 화석처럼 쌓여 있었다. 우리가 놀던 시절, 나무집이 말끔했던 건 아빠가 매일매일 청소해주었기 때문이다. 아빠는 우리가 나무집에 가지 않을 때에도 손질을 게을리하지 않았다. 나는 그걸 아빠가 죽은 다음에야 알았다. 마지막 사다리를 올라 고개를 잔뜩 숙인 채 나무집 안으로 들어갔다.

머리는 없었다.

오직 바이올렛과 나의 흔적만이 남아 있었다. 여기저기 빨간 점을 찍어둔 세계지도와 내 곰 인형, 바이올렛의 토끼 인형이 우리가 떠나올 때 놓아둔 그대로 있었다. 토끼 인형과 곰 인형은 우리가 두 번째로 좋아하던 인형들이었다. 우리는 나무집에 돌아오자고 약속하며 몇 가지 물건을 남겨두었다. 그러나 우리는 그 뒤로 한 번도 나무집에 오지 않았다.

나는 나무집 바닥에 드러누웠다. 우리가 맨 처음 죽음을 접했던 날처럼.

여덟 살 되던 해, 바이올렛의 할머니가 돌아가셨다. 그 애의 할머니는 39일째 되는 날 자기 딸, 바이올렛의 엄마를 찾아왔다. 머리가 있는 온전한 모습으로. 바이올렛도 그날만큼은 새벽까지 잠들지 않고 할머니 곁에 있었다고 했다.

"새벽에 할머니의 영혼이 반짝이는 빛줄기를 타고 올라갔어. 시신은 아빠와 삼촌이 다시 묘지에 묻으러 갔고."

다음 날, 나무집에 온 바이올렛이 충혈된 눈을 깜박이며 말했다. 하품을 하자 오이씨 같은 그 애의 콧구멍이 동그래졌다. 나는 일부러 콧구멍에 힘을 주어봤다. 그 애는 나를 보며 웃더니 나무로 된 바닥에 털썩 드러누웠다.

"무섭지 않았어?"

"뭐가?"

"죽은 사람에게서는 이상한 냄새가 난다던데. 피부색도 살아 있을 때랑 달라지고."

"그래도 우리 할머니니까 무섭지 않았어."

"그랬구나."

나는 여전히 무섭다고 생각했지만, 건성으로 고개를 끄덕였다. 우리 할머니와 할아버지는 내가 태어나기 전에 돌아가셔서 나는 한 번도 죽은 사람을 직접 본 적이 없었다.

"여기 누워봐."

바이올렛이 바닥을 부드럽게 두드렸다. 나는 얌전한 고양이처럼 바이올렛 옆에 누웠다.

"우리 아빠는 죽더라도 돌아오지 않을 거야."

그 애가 내 귓가에 입술을 대고 속삭였다. 나무집에는 우리 말고 아무도 없는데도.

"그게 무슨 말이야?"

"우리 아빠는 이 마을 사람이 아니거든."

"우리 마을에 살고 있는데?"

"지금은 그렇지. 엄마랑 결혼하기 전에는 강 건너편에 있는 도시에 살았대. 죽은 지 39일이 되면 돌아오는 사람들은 우리 마을에만 대대로 전해 내려오는 거잖아."

"그래도 이 마을에서 오래 살았으니 돌아오실지도 몰라."

그럴까, 그 애는 고개를 갸웃거리며 하품했다.

"엠마, 돌아오는 게 좋은 걸까?"

조금 뒤, 바이올렛이 잠기운이 밴 목소리로 물었다. 나는 대답하지 못했다. 죽은 자는 모두 돌아오는 게 당연하다고 생각했으니까.

"넌 어떻게 생각해?"

바이올렛은 입을 앙다물고 무언가 골똘히 생각했지만 결국 아무런 말도 하지 않았다. 그 애가 또 하품했고 나도 따라 하품했다. 곧 바이올렛의 고른 숨소리가 들렸다. 나는 고개를 돌려 그 애의 가슴이 오르락내리락하는 걸 한참이나 바라보다가, 나도 모르는 사이 스르륵 잠이 들었다.

언젠가 한 번쯤은 다시 나무집에서 시간을 보낼 수 있을 줄 알았는데…….

　나무집을 떠난 것과 비슷한 시기에 우리는 학교에 가게 되었다. 마을에 온 선교사가 세운 학교였다. 바이올렛과 나는 중등반이 되었다. 나는 학교가 좋고 또 싫었다. 새로운 지식을 알게 되는 건 좋았지만 나만의 바이올렛을 다른 아이들에게 빼앗기는 것 같아 싫었다. 바이올렛은 성격이 활달해서 아이들에게 인기가 많았다. 특히 남자아이들에게. 나는 바이올렛과 친해지려하는 남자애가 있으면 바이올렛에게 그 애의 흉을 봤다. 오다가다 들은 나쁜 소문을 말했고, 소문이 없으면 지어냈다.

　설마, 학교에 머리가 있을까?

　학교에는 작은 연못이 있다. 그 속에 바이올렛의 머리가 가라앉아 있는 상상을 했다. 하지만 그곳은 맨 마지막에 가고 싶었다. 나는 조끼 주머니에서 회중시계를 꺼냈다. 10시 40분이었다. 아직 시간은 많이 남아 있었고, 두 번째로 갈 곳은 이미 정했다. 마녀의 동굴이었다.

　마녀의 동굴은 학교 뒷산으로 이어진 숲의 끝자락에 있었다. 동굴이라고는 했지만 사실은 오래전 마녀가 살았다는 폐가였다. 우리가 그곳을 동굴이라 부른 건 방과 거실이 따로 나뉘어있지 않고 동굴처럼 하나로 이어져 있었기 때문이다. 그 집에는 현관문을 제외하면 문이 없었다. 마녀가 실제로 살았는지는 모르겠다. 어른들은 그 집에 가까이 가지 말라고 경고했다. 우리는 사고뭉치는 아니었지만, 말을 잘 듣는 애들도 아니었다. 게다가 우리에게는 나무집을 대신할 새 아지트가 필요했다.

마녀의 동굴은 <u>으스스</u>했다. 바닥에는 기이한 문양이 그려져 있었고 반듯하지 않은 벽을 따라 녹은 양초가 눌어붙어 있었다. 첫날에는 발만 들여놓았다 나오는 식이었지만 점점 대담해져서 집 안의 물건들을 관찰하고 만져보기 시작했다. 마녀의 동굴에는 신기한 물건이 많았다. 낡은 장식장 위에 있는 동물의 머리뼈도 신기한 것 중 하나였다. 너구리나 여우 크기의 뼈였는데 삼각형의 꼭짓점처럼 이마에 구멍이 세 개 뚫려 있었다. 바이올렛도 나도 겁이 많거나 호들갑 떠는 성격은 아니었지만 그 뼈만큼은 손대지 않았다. 단, 장식장 서랍에 대해서는 의견이 갈렸다.

"열어보지 않는 게 좋겠어."

바이올렛이 단호히 말했다. 나는 그 애의 의견을 존중하고 싶었지만 시간이 갈수록 궁금증이 커졌다. 결국 호기심을 이기지 못하고 열어보고 말았다. 열네 살 생일을 보름 앞둔 날이었다. 짙은 와인색 천이 깔린 서랍에는 칼이 있었다. 가죽 칼집에 든 단도였다. 금속 손잡이에는 종류를 알 수 없는 새의 머리가 새겨져 있었다. 칼집을 잡아당겨 벗겨내자 녹슬지 않은 칼날이 반짝였다. 나는 어느 소설에서 본 피의 서약을 떠올렸다. 나무집에서 바이올렛도 함께 읽은 책이었다.

"우리 여기서 우정을 맹세하자."

"응."

내 말을 대번에 알아들은 바이올렛이 긴장한 얼굴로 대답했다. 나는 칼로 손바닥을 그었다. 신음이 절로 나올 정도로 쓰라렸지만, 평생 우정을 맹세하는 데 그 정도 아픔은 아무것도 아니었다. 바이올렛에게 칼을 넘겨주었다.

"난 못 하겠어. 네가 해줘."

그 애는 칼을 받지 않고 손바닥을 내밀었다. 나는 내 손바닥을 그을 때보다 조심스럽게 그 애의 손바닥을 그었다. 하얀 손바닥에서 루비 같은 피가 배어나왔다. 우리는 피가 흐르는 손바닥을 맞대고 영원한 우정을 맹세했다.

집에 돌아와 엄마 몰래 붕대를 감았다. 하지만 그냥 넘어갈 엄마가 아니었다.

"손은 왜 다쳤어?"

"아, 이거? 좀 넘어졌어."

첫날은 잘 둘러대고 넘어갔다. 그런데 다음 날 바이올렛의 손에도 붕대가 감겨 있는 걸 본 엄마가 우리를 수상하게 여겼다. 엄마는 우리를 테이블 앞에 나란히 앉혔다.

"붕대 풀어."

마지못해 붕대를 풀자 두 개의 손바닥에 똑같이 새겨진 서약의 흔적이 드러났다. 하지만 엄마에게는 기다란 칼자국일 뿐이었다. 화가 난 엄마는 우리를 호되게 꾸짖었고 이 일을 바이올렛의 엄마에게도 말했다.

그날 이후 다시는 마녀의 동굴에 가지 못했다. 어른들이 마을 회의를 열어 그곳을 불태워버렸기 때문이다. 우리는 외출 금지를 당해 그 집이 불타는 것도 보지 못했다. 일주일 뒤, 부모님이 돌아가셨다. 마녀의 집에 불을 놓은 게 엄마 아빠라는 건 그로부터 한참 후에 알게 되었다. 어쩌면, 엄마 아빠가 마녀의 저주에 걸려 죽은 거라면? 혼자서 많은 밤을 보내며 나는 부모님의 사고에 대해 생각했고, 그것이 나 때문이라는 생각을 지울 수가 없었다. 엄마 아빠가 죽은 건, 내 탓이다. 바이올렛이 죽은 게 내 탓이듯이. 나는 소중한 사람들을 죽음으로 몰고 가는 저주에 걸린 게 아닐까?

마녀의 동굴이 있던 자리에 도착했다. 숨은 가쁘고 장화는 흙투성이였다. 재의 흔적이 사라진 그곳은 황량한 벌판이었다. 어째서인지 검은 흙 위에는 풀 한 포기조차 자라지 않았다.

그곳에도 머리는 없었다.

다만 검게 그을린 가죽 칼집이 있었다. 나는 그것을 그냥 지나칠 수 없어 주워 들었다. 먼지를 털고 가방에 넣었다. 칼은 어디서도 보이지 않았다.

찾을 장소가 점점 줄어들고 있었다. 일반적인 수학이라면 확률이 높아지겠지만 머리 찾기는 반대다. 장소가 줄어들수록 머리를 찾을 확률이 낮아진다. 다음은 학교다. 두 번 다시 가고 싶지 않은 곳. 나는 내키지 않는 마음을 누르며 학교로 달려갔다.

부모님을 완전히 떠나보낸 뒤, 다시 간 학교는 변해 있었다. 부모님이 죽은 게 내 탓이라는 생각은 나만 한 게 아니었다. 아이들은 내가 마녀의 저주를 불러왔다며 경계했다. 그런 이야기를 들으면 바이올렛은 언제나 화를 냈다. 나에 대해 나쁘게 말하는 아이가 있으면 내 편을 들어주었다. 당연한 일이었다. 우리는 피의 서약을 한 사이였으니까. 필립이 나타나기 전까지, 나는 언제까지나 바이올렛을 독차지할 수 있다고 믿었다.

필립은 학교를 설립한 선교사의 아들이었다. 외지인이었고, 우리랑 생김새도 달랐다. 검은 곱슬머리에 짙은 눈썹을 가졌고, 피부도 볕에 그을린 듯 가무잡잡했다. 필립은 바이올렛과 내게 친절했고 바이올렛도 필립에게 상냥하게 대했다. 나는, 셋이 되고 싶지 않았다. 바이올렛과 둘이면 충분했다. 그런데 바이올렛은 달라졌다. 자꾸 우리 사이에 필립을 끼워주자고 했다.

"너 필립 좋아해?"

지난 4월, 수업을 마치고 벚꽃이 흩날리는 길을 걸어 집으로 돌아올 때였다. 일부러 아무렇지도 않은 척, 지나가는 농담처럼 물었다.

"아ㅡ아니."

바이올렛도 농담처럼 가볍게 대답했다.

"거짓말. 그 애를 바라보는 표정은 다르거든?"

"어떻게 다른데?"

"글쎄, 좀 맹해 보인다고 해야 하나?"

차마 네가 더 빛난다고, 더 예뻐 보인다고 말할 수는 없었다.

"뭐라고?"

바이올렛이 내 머리카락을 잡아당겼다. 나는 과장되게 아프다고 소리치며 그 애의 땋은 머리채를 잡았다. 그 순간 우리는 자기 꼬리를 물고 있는 뱀처럼 이어져 있었다. 나는 셋이 아닌 둘만 있음으로써 느낄 수 있는 기쁨을 누렸다. 그때의 나는, 나 때문에 바이올렛을 잃게 되리라고는 상상도 하지 못했다.

6월 17일. 지금으로부터 45일 전이다. 바이올렛이 죽은 뒤 나는 상상 속에서 몇 번이나 그날로 돌아갔다.

운동장 한구석의 연못 앞에 쪼그리고 앉아 물고기를 보고 있는데 바이올렛이 다가왔다. 바이올렛이 쉬는 시간마다 필립과 붙어 있어 기분이 가라앉은 상태였다.

"엠마! 여기 있었구나! 한참 찾아다녔어."

내 이름을 부르는 바이올렛의 얼굴이 발갛게 상기되어 있었다.

"무슨 일 있었어?"

내 물음에 그 애는 낮은 웃음을 흘리며 팔목을 내밀었다. 가느다란 팔목에 못 보던 팔찌가 채워져 있었다. 까만 가죽끈에 바이올렛의 눈동자 색과 같은 하늘색 보석이 박힌 팔찌였다.

"필립이 줬어. 나랑 사귀고 싶대."

필립, 이라는 말을 들은 순간 단단히 동여놓은 자루의 끈을 잡아당긴 것처럼 감정이 요동쳤다.

"뭐? 그래서 뭐라고 했어?"

목소리가 날카롭게 나왔다.

"생각해보겠다고 했어."

"근데 팔찌는 왜 받았어?"

"응? 거절할 이유가 없잖아?"

바이올렛이 생각해보겠다는 건 진심이 아니었다. 그저 가볍게 튕겨보는 것일 뿐. 질투는 곧 분노로 바뀌었다. 나는 굳어지는 얼굴 근육을 애써 풀며 억지로 미소를 지어 보였다.

"그래. 거절하긴 아까울 정도로 예쁘네. 나도 해봐도 돼?"

바이올렛이 순순히 팔찌를 풀어 내게 건넸다. 하지만 얼굴에는 주고 싶지 않은 기색이 아로새겨져 있었다. 팔찌를 받아 든 나는 여전히 억지 미소를 지은 채 팔에 차는 척하다가 연못에 던져버렸다.

"엠마, 무슨 짓이야?"

새된 소리를 지른 바이올렛이 연못에 뛰어들었다. 곧 그 애의 동그란 뒤통수가 물속으로 사라졌다. 얼마 지나지 않아 팔찌를 든 손이 수면 위로 쑥 튀어나왔다. 조그만 연못이니 찾기 쉬웠을 것이다. 푸우, 고개를 내밀고 숨을 몰아쉬던 바이올렛이 젖은 앞머리를 넘기며 나를 노려봤다.

"일단 나 좀 꺼내줘."

물가로 헤엄쳐 온 바이올렛이 손을 내밀었다. 허리 굽혀 손을 뻗은 순간 그 애가 나를 확 끌어당겼다. 나는 요란한 소리를 내며 연못에 빠졌다. 바이올렛이 깔깔대며 웃다가 내게 헤엄쳐 왔다. 그리고 내 어깨에 팔을 두르며 말했다.

"넌 여전히 내가 제일 사랑하는 친구야."

"필립은?"

"필립은 예비 남자친구지. 너 내가 필립과 사귀는 게 싫어?"

바이올렛이 진지한 표정으로 물었다. 둘 다 물에 푹 젖었는데 숨길 게 뭐가 있나 싶었다.

"솔직히, 좋진 않아."

"너 혹시 나 사랑해?"

그 애가 눈을 둥그렇게 떴다. 티 없는 흰자 위에 파란 행성이 떠 있는 것 같았다.

"당연하지."

"아니, 내 말은 나를 친구 이상으로 생각하냐는 거야."

"뭐? 아니, 아니야."

내가 두 손 두 발을 젓는 바람에 연못의 물이 사방으로 튀었다. 바이올렛이 다시 큰 소리로 웃다가 내 쪽으로 물을 쳐냈다. 나도 질세라 물장구를 쳤다. 운동장에 있던 아이들이 우리를 홀끔거리며 지나갔다. 열다섯 살이나 먹은 애들이 철없는 짓을 한다고 수군댈 것이다. 상관없었다.

그날 밤 집에 와서 곰곰이 생각해봤다. 내가 바이올렛을 친구 이상으로 생각하나? 분명 그런 면이 있긴 했다. 그렇지만 부모님이 죽은 뒤 가족처럼 느끼는 거지, 연애 감정이 아닌 건 분명했다. 그렇다면 더는 집착하지 말자. 필립과 사귀면 사귀는 대로 나는 친구로 곁에 머물면 된다. 침대에 누워 가슴에 손을 올린 채 스스로를 다독여도 마음은 좀처럼 진정되지 않았다. 길고 외로운 밤이었다.

다음 날 학교에 갔는데 바이올렛이 보이지 않았다. 그 애 옆집에 사는 프레드릭에게 물어봐도 모른다는 대답만 돌아왔다. 바이올렛의 이름을 들은 듯, 필립도 궁금한 얼굴로 내 쪽을 살폈다. 갑자기 불길한 예감이 엄습했다. 부모님이 이웃 마을에 가던 날처럼 이유 없이 불안했다. 나는 학교를 뛰쳐나와 바이올렛의 집을 향해 달렸다.

"바이올렛! 바이올렛!"

익숙한 방 창가에서 그 애의 이름을 불렀다. 커튼이 쳐져 방 안은 보이지 않았다. 평소라면 드르륵 소리를 내며 열릴 창문은 굳게 닫혀 있었고, 대신 현관문이 열렸다. 안에서 나온 사람은 바이올렛의 엄마였다.

"바이올렛이 몹시 아파. 어젯밤부터 열이 나고 온몸에 발진이 돋았어. 방금 의사 선생님이 왔다 갔어."

"어디가 아프대요?"

"아직 확실히 모른대. 의사 선생님은 무언가에 감염된 것 같다고 하던데."

"얼굴만 보고 가면 안 돼요?"

"안 돼. 너한테 전염될지도 모르고."

"전 괜찮아요. 보고 갈게요."

"내가 안 괜찮아. 어서 집에 가렴."

바이올렛의 엄마를 더 귀찮게 할 수 없어 집에 돌아왔다. 전날 연못에 들어갔던 일이 마음에 걸렸다. 그것 말고 평소와 다른 일은 없었다. 연못의 고인 물에서 더러운 무언가가 옮은 것일까? 나는 멀쩡한데 바이올렛만 병에 걸렸다니, 멀쩡한 만큼 죄책감에 시달렸다.

그다음 날도 학교에 가지 않고 바이올렛의 집으로 갔다. 이번에는 현관문을 두드렸고 바이올렛의 엄마가 나왔다. 전날과 달리 매서운 얼굴을 하고 있었다.

"엠마, 다시 오지 않았으면 좋겠구나."

"네?"

"바이올렛이 너 때문에 연못에 뛰어들었다는 얘기 들었어. 의사 선생님 말씀으로는 그 연못에 병균이 있었을 거래."

"그렇지만 저도 같이……."

바이올렛의 엄마가 문을 닫아버렸다. 언제나 정겹게 느껴지던 나무 문에 달린 사자가 험상궂게 나를 노려보고 있었다. 그러고 보니 예전에도 둘이 같이 오래된 무화과를 먹었는데 바이올렛만 배탈이 났다. 팔찌를 연못에 던져서는 안 되는 거였다. 바이올렛의 엄마가 쌀쌀맞게 대하는 걸 섭섭해하지 말자고 생각하면서도 눈물이 흘러나왔다.

사흘 뒤 바이올렛이 죽었다. 그리고 오늘, 나를 다시 찾아왔다.

살아 있는 한 두 번 다시 가지 않으리라 다짐한 학교에 들어섰다. 운동장을 가로질러 연못으로 갔다. 연못은 고요했다. 물고기도 바닥에서 잠든 듯 보이지 않았다.

나는 가방과 조끼, 장화를 벗어놓고 연못에 뛰어들었다. 연못에도 바이올렛의 머리는 없었다. 하긴 아무리 바이올렛의 무의식일지라도 연못에 다시 오고 싶지는 않을 것이다. 그래도 확인해야 했다. 연못에서 기어나와 젖은 옷을 대충 쥐어짰다. 남색 하늘이 푸르게 변해가고 있었다. 새벽이 오는 것이다. 벌써 3시 5분 전이었다. 시간이 얼마 남지 않았다. 정말, 그곳만큼은 가고 싶지 않았지만 필립의 집에 찾아갔다. 필립의 집은 유치원 아이들이 쓰는 동쪽 건물과 맞닿아 있었다.

나는 다 젖은 꼴로 필립의 방 창문 앞에 섰다. 너무 큰 소리가 나지 않도록 힘을 조절하며 인내심 있게 유리창을 두드렸다. 열 번쯤 노크했을 때 창이 열리고, 필립이 잠에 취한 얼굴을 내밀었다.

"엠마? 네가 이 시간에 웬일이야?"

그 애의 목소리는 잔뜩 가라앉아 있었지만 검은 눈동자는 금세 또렷해졌다.

"혹시 네게 바이올렛의 머리가 있어?"

잠을 자고 있었던 걸 보니 없겠지만.

"뭐? 바이올렛의 머리라니?"

"바이올렛이 내게 찾아왔어."

"바이올렛이…… 네게? 머리 없이?"

"응."

"그렇구나. 바이올렛이 너한테 갔구나. 바이올렛이 널 더 소중하게 생각했다니……."

필립의 숨소리가 거칠어졌다. 조금 전까지 창백했던 얼굴이 붉게 달아올랐다. 무슨 말을 해야 할 것 같은데, 무슨 말을 하더라도 곱게 들릴 것 같지는 않았다.

"잠 깨워서 미안. 난 이만 가볼게."

필립의 대답을 듣지 않고 돌아섰다. 뒤통수에 전해지는 느낌만으로도 필립이 울고 있다는 걸 알 수 있었다. 이 남자애는 진심으로 바이올렛을 사랑했구나. 마음 한구석을 누르고 있던 납덩이가 사라진 듯 이상한 안도감이 들었다. 그렇지만 나는 아직 바이올렛의 머리를 찾지 못했다.

바이올렛에게 짐작이 가는 곳을 물어볼 수 있다면.

그 애가 말해줄 수 없다는 걸 알면서도, 그런 헛된 생각을 하며 집으로 돌아올 때였다. 갑자기 머릿속에서 작은 불꽃이 튀었다.

"괜찮아, 엠마. 어둠의 세계라고 해서 나쁜 건 아니야."

엄마는 우는 나를 끌어안고 속삭였다. 머리 없는 아빠는 가슴을 내게 향한 채로 서 있었다. 그제야 나는 깨달았다. 바이올렛에게서 느꼈던 위화감의 정체를. 그날 밤 아빠는 한마디도 하지 않았다. 엄마도 내가 머리를 찾아온 다음, 목 위에 머리를 얹고 나서야 고맙다고 말했다. 머리가 없는 망자는 말을 할 수 없다. 그런데 바이올렛은 말을 했다. 그 애의 목소리는 아랫배 쪽에서 들려왔다. 그렇다. 바이올렛은 일부러 머리를 숨긴 것이다. 왜? 그 애는 왜 거짓말을 했을까? 어째서 내게 자기 머리를 찾아오라고 했을까?

나는 집으로 달려갔다. 문을 열고 들어가니 바이올렛이 자리에서 일어났다.

"네 머리, 찾지 못했어."

"그랬구나."

바이올렛이 짐짓 실망한 척 말했다.

"당연하지. 네가 갖고 있으니까."

바이올렛, 이제 연극은 끝났어. 진실을 밝힐 시간이야. 나는 바이올렛의 허리춤을 노려봤다. 그 애는 놀란 기색 없이 건조하게 말했다.

"어떻게 알았어?"

"일단 머리부터 꺼내. 어디다 숨겼어? 그 풍성한 치맛자락 속에?"

"맞아."

바이올렛이 긴 치마 속으로 손을 넣더니 안에서 노끈이 달린 헝겊 주머니를 꺼냈다. 끈을 풀자 그 안에서 머리가 나왔다. 그 애는 머리를 자기 목 위에 올려놓았다. 머리는 떨어진 적이 없다는 듯 목에 착 달라붙었다.

"너…… 네가 자른 거야?"

"그래. 내가 잘랐어. 아프지 않거든."

바이올렛이 주머니에서 마녀의 칼을 꺼내 보였다.

"그건 어떻게 구했어?"

"예전에 나 혼자 마녀의 동굴에 갔었어. 이 칼만큼은 타지 않았더라."

"그걸 왜 가지고 있었는데?"

"너한테 말해주고 싶었어. 마녀의 저주 따위 없다고. 결국 말하지 못하고 죽어버렸지만."

나는 필립과 친해진 것만 질투했는데 바이올렛은 줄곧 내게 신경을 쓰고 있었구나. 나는 떨리는 손으로 가방에서 칼집을 꺼내 건넸다. 그 애는 조심스레 칼집에 칼을 넣었다. 그제야 바이올렛의 죽음을 실감했다. 손바닥을 베지도 못하던 바이올렛이 스스로 목을 자르다니.

"근데 목을…… 그런 짓을 해도 돼? 왜 그랬어?"

"그 전에 내 질문에 대답해. 내게 머리가 있다는 걸 어떻게 알았어?"

"머리가 없는 사람은 말을 하지 못하니까."

"그게 무슨 말이야?"

"머리 없이 돌아온 사람들은 말을 하지 못해."

"네가 그걸 어떻게 알아?"

바이올렛이 충혈된 눈을 동그랗게 뜨고 되물었다. 그 애는 머리 없는 망자를 본 적이 없다. 그러므로 몰랐을 것이다. 이렇게 된 이상 어쩔 수 없다. 그동안 말하지 않았던 것, 비밀이 아닌 데도 비밀처럼 내 안에만 담아두었던 이야기를 해야 한다.

"본 적 있으니까."

"뭐라고?"

"우리 부모님, 사실은 머리 없이 돌아왔어."

흡, 바이올렛이 목이 막힌 소리를 냈다. 나는 숨을 길게 들이마셨다. 좁은 거실에 침묵이 쌓여갔다. 침묵을 깬 쪽은, 바이올렛이었다.

"왜 거짓말했어?"

"거짓말한 적 없어. 말하지 않은 것뿐이야."

"아니, 넌 거짓말한 거야. 네 부모님이 머리 없이 돌아왔다고 말하지 않으면, 나는 머리가 있는 상태로 오셨다고 생각할 수밖에 없으니까."

"그게 중요해? 다 지난 일이잖아."

지금 중요한 건 네가 머리를 숨긴 일이라고 하려는데, 바이올렛이 떨리는 목소리로 말했다.

"내게는 중요해. 넌 그것 말고도 나한테 수많은 거짓말을 했으니까."

순간 숨이 턱 막히는 기분이었다. 젖은 바지가 신경 쓰였지만 소파에 털썩 주저앉았다. 그 애가 말을 이어갔다.

"네가 아이들에 대해 나쁜 소문을 지어낸 거 알고 있었어."

"그런데 왜…… 모른 척했어?"

"네가 스스로 거짓말하지 않기를 바랐어. 내가 널 가장 좋아한다는 걸 믿어주길 바랐어."

바이올렛의 눈에서 검은 눈물이 흘러나왔다. 나는 사랑받기를 원하면서, 바이올렛이 나를 진심으로 대하길 바라면서 거짓말을 했다. 부모님이 죽은 상실감 때문이라는 핑계는 맞지 않았다. 1년 3개월이 지난 지금도 나는 부모님의 죽음을 떠올리면 상실감보다 죄책감을 느낀다.

"미안해. 너를 독점하고 싶었어."

나는 목구멍에서 꺽꺽대는 소리를 내며 울었다.

"독점이라니 너답다. 하지만 사랑하는 마음은 줄어드는 게 아니야."

바이올렛이 말했다.

"사랑에 정해진 총량이 있는 게 아니잖아. 내가 널 사랑하고 필립을 사랑하면 내가 가진 사랑이 쪼개지는 게 아니라고. 사랑은 점점 커지고 부풀어 올라."

바이올렛이 말한 문장은 분명 아름다웠다. 그런데 내게는 더

럽게 느껴졌다. 아빠 때문이었다. 사랑이 너무 부풀어 올라서 우리 아빠는 그랬을까?

우리 부모님이 머리 없이 돌아왔을 때, 난 '엄마의 머리'만 찾아왔다. 아빠의 머리를 찾지 못했다는 건 거짓말이다. 사실 나는 아빠의 머리를 찾았다. 아빠의 머리는 레이디 록우드의 집에 있었다. 설마설마했는데, 가면서도 제발 아니기를 기도했는데. 그 여자는 새벽에 찾아간 내게 순순히 머리를 내어주었다. "가지세요. 그깟 머리 필요 없어요." 나는 그 여자에게 말했다. 그리고 엄마의 머리만 가지고 돌아왔다. 부모님을 같은 곳으로 보내고 싶지 않았다. 아빠에게는 빛이 없는 곳, 어둠의 세계가 더 어울린다고 생각했다.

"바이올렛, 난 잘 모르겠어. 사랑이 커지는 게 좋은지. 나는 그저, 사랑이 변하지 않으면 좋겠어. 제자리에 있으면 좋겠어."

"제자리? 그게 네가 할 소리야? 나도 떠나고 싶지 않았다고!" 자리에서 일어난 바이올렛이 주먹을 쥐고 외쳤다.

"그래? 나도 널 떠나보내고 싶지 않아. 내가 네 곁으로 갈게." 나는 바이올렛이 들고 있던 칼을 빼앗았다. 칼집을 벗겨내고 나를 향해 겨눴다. 하지만 피의 서약을 맺을 때와 반대의 상황이었다. 나에게는 내 목을 자르기는커녕 찌를 용기도 없었다. 바이올렛이 내게 다가와 칼을 빼앗았다.

"정말 죽고 싶어?"

"응. 날 데려가. 너 없이 살고 싶지 않아."

그 애가 내 심장에 칼을 겨눴다. 뾰족한 칼끝이 가슴에 닿았다. 선뜩한 느낌. 나는 눈을 감았다. 바이올렛은 나 때문에 죽었다. 내가 연못에 팔찌를 던지지 않았다면 그 애는 여전히 살아 있을 것이다. 그러니 나는 바이올렛의 손에 죽어 마땅하다. 그런데도 몸이 떨린다. 눈꺼풀이 요동친다.

"난 네가 오래오래 살길 바라. 네 행동을 후회하고 곱씹으며 인생을 낭비하길 바라."

바이올렛이 칼을 거두며 내 귀에 속삭였다. 아무도 없는데 비밀 이야기를 하듯.

눈을 떴다. 온몸에 힘이 들어가지 않았다. 그 애가 칼을 테이블 위에 두었다. 내가 할 수 있는 말은 단 한 마디뿐이었다.

"미안해. 정말 미안해."

"38일 동안 관 속에 누워 긴 꿈을 꾸었어. 꿈속에서 난, 내가 좋아했던 것을 보았어. 갓 구운 버터 쿠키, 바닐라 푸딩, 나무집에 두고 온 토끼 인형……. 그거 알아? 좋아하는 것 옆에는 언제나 네가 있었어."

나는 아무런 말도 할 수 없었다. 울고 싶었는데 울 자격이 없다는 생각에 꾹 참았다.

"오늘 꿈에서 깨어나 마을로 가는데 당연하다는 듯 너희 집으로 발길이 향했어. 부모님에게 가려고 했지만 소용없었어. 아니, 이건 아니야. 너와 함께한 날들의 꿈을 꿀 수는 있지. 하지만 네가 가장 소중한 사람이라고? 난 널 이토록 원망하는데? 그래서, 답을 알고 싶어서, 혼자 생각할 시간이 필요해서, 너한테 내 머리를 찾아오라고 한 거야."

"답을, 찾았어?"

잔뜩 쉰 목소리로 물었다. 여전히 미안하다는 말밖에 떠오르지 않았지만 더 하면 아예 의미를 잃을 것 같았다.

"아니. 못 찾았어. 그래도 이런 생각은 들어. 어쩌면 죽은 이는 가장 소중한 사람을 찾아가는 게 아니라, 자기를 가장 소중하게 생각하는 사람에게 오는 게 아닐까?"

바이올렛이 조금 쓸쓸한 얼굴로 웃었다. 내가 어색하게 따라 웃자 그 애는 예전처럼 환한 웃음을 지었다. 가늘게 휘어진 두 눈과 살짝 들려 올라간 코, 잇몸이 훤히 드러나는 미소를 보니 반가웠다. 우리는 서로를 마주 보며 웃었다. 웃고 있는데 신기하게도 눈물이 나왔다. 우리는 어렸을 때 그랬던 것처럼 소맷자락으로 눈물을 닦았다. 축축하게 젖은 소매에 잠깐 체온이 감돌았다. 더 이상 머리 찾기는 중요하지 않았다. 따뜻한 침묵이 우리를 감싸고 있었고, 나는 그 온기를 오래 느끼고 싶었다.

바이올렛이 나를 가만히 안아주었다. 살결은 푸석푸석하고, 가슴에서는 시체 특유의 냄새가 났지만 내게는 세상에서 가장 큰 위안을 주는 포옹이었다.

"엠마, 우리 나무집에 갈까?"

바이올렛에게 안겨 눈을 감고 있는데 그 애가 작게 속삭였다.

"그래, 그러자."

나는 바이올렛과 손을 잡고 나무집으로 갔다. 바이올렛을 떠나보낼 시간이 얼마 남지 않았다. 조바심을 드러내지 않으려고 애를 쓰는 동안, 그 애는 차분하게 이야기를 들려주었다.

"어떤 날은 이런 꿈도 꾸었어. 너랑 놀다가 머리핀을 두고 온 게 생각나서 저녁을 먹고 너희 집에 갔는데, 네가 현관 앞 벤치에 앉아 수박을 먹고 있더라."

"그런 적이 있었어?"

내가 수박을 먹을 때 바이올렛이 찾아온 적이 있었나? 나는 기억을 곱씹으며 그 애를 바라봤다.

"넌 기억 못 할 거야. 그냥 돌아갔으니까."

"그냥 돌아갔다고? 왜?"

"내가 옆에 가면 네가 수박을 못 먹을 테니까. 그때 너 굉장히 행복해 보였거든."

바이올렛이 수박씨 뱉는 흉내를 냈다. 나는 그런 바이올렛의 흉내를 냈고.

우리는 마지막으로 나무집에 올라갔다. 그리고 예전처럼 나란히 머리를 맞대고 누웠다. 그때와 다른 점이 있다면 바이올렛의 가슴이 오르락내리락하지 않는다는 것. 그 애의 심장이 더는 뛰지 않는다는 것.

"바이올렛, 죽은 자가 돌아오는 게 좋을까, 라는 질문 기억나?"

"응. 우리 할머니가 돌아가셨을 때였지."

"맞아. 넌 난생처음 밤을 새우고 졸려 죽겠다는 얼굴을 하고 있었어."

엠마, 바이올렛이 조용히 내 이름을 불렀다. 나는 그 애의 얼굴을 마주 봤다. 39일 동안 관 속에 있어 변해버린 얼굴이었지만 내게는 살아 있을 때와 다름없어 보였다. 바이올렛이 말했다.

"돌아오는 건 좋은 것 같아. 썩 아름다운 모습은 아니지만."

"그래. 나도 네가 돌아와서 좋아."

나무집 창으로 보이는 하늘의 푸른색이 점점 더 옅어지고 있었다. 헤어질 시간이라는 의미다.

해가 막 떠오르는 듯 구름의 가장자리가 금빛으로 빛났다. 바이올렛의 몸도 은은하게 빛났다. 육체에서 영혼이 빠져나오려는 것이다. 나는 몸을 일으켜 바이올렛을 끌어안았다. 그 애의 몸은 내게 안겨 있었지만 영혼은 살아 있을 때의 모습으로 내 앞에 섰다. 나는 육체의 무게를 고스란히 느끼며 내 앞에 선 아름다운 영혼을 올려다봤다. 바이올렛의 영혼이 허리 굽혀 내 이마에 입을 맞췄다. 그리고 반짝이는 가루가 되어 창으로 날아갔다. 언젠가 그 애는 할머니가 빛줄기를 타고 올라갔다고 말했다. 여덟 살 꼬마의 눈에는 영혼의 입자가 줄지어 날아가는 것이 그렇게 보였을 것이다. 나는 그 애의 주검을 끌어안고 조금 울었다.

날이 밝으면 바이올렛의 부모님을 찾아가야겠다. 그 전에 정갈히 몸을 씻자.

바이올렛을 등에 업고 집으로 돌아왔다. 사다리를 내려오는
게 힘들긴 했어도 영혼이 빠져나간 육체는 별로 무겁지 않았다.
바이올렛을 소파에 눕히고 커다란 솥에 씻을 물을 데웠다. 불꽃
이 일렁이는 화로 위에서 물집처럼 작은 물방울이 맺히는 솥의
안쪽 면을 보며 생각했다. 언젠가 내가 죽으면 나는 머리 없이
돌아올까? 누구에게 돌아올까? 내가 사랑하는 사람이든, 나를
사랑하는 사람이든, 죽은 자에게 돌아갈 사람이 없다면 어떻게
될까? 39일째 날이 와도 꼼짝없이 관 속에 누워 있어야 하는 걸
까?

아직은 알 수 없다. 죽기 전에는.

그래도 기왕이면 머리가 있는 채로, 사랑하는 사람에게 돌아
오고 싶다. 모든 것을 마무리하는 순간, 바이올렛처럼 빛의 여
운을 느낄 수 있다면 좋겠다.

우리가 영혼의 입자를
느끼는 순간

꼬마 귀신들—아이와 청소년이 겪는 죽음에 대한 주제로 원고 청탁을 받았을 때, 이건 놓칠 수 없다고 생각했다. 나는 죽음의 이면을, 서늘함을, 일상성을 그리는 작업을 사랑한다.

처음에는 당연히 교복 입은 귀신을 떠올렸다. 마침 호러색을 가미한 청소년 소설로 구상해놓은 이야기가 있었다. 그런데 쓰다 보니 단편이라는 그릇에 다 담아낼 수가 없었다. 얼른 다른 방향으로 선회해야 했다. 새로운 이야기를 찾아 나설 때 나는 세상 모든 것들의 속삭임에 귀를 기울인다. 그리고 죽은 뒤 머리 없이 돌아오는 사람들이 사는 마을을 찾아냈다.

〈숨은 머리 찾기〉에 영향을 준 몇 가지 요소가 있다.

첫째는 목 없는 기사다. 그때 나는 우리나라 사람들은 왜 머리 없는 기사(Headless Knight)를 목 없는 기사라고 부를까, 하는 궁금증에 빠져 있었다. 국립국어원에 물어도 "현실 쓰임에서 사전의 뜻풀이를 기준으로 확장된 표현을 쓰는 경우가 있는 것으로 보인다"라는 답을 들었을 뿐이다. 사전적 의미로 목은 '척추동물의 머리와 몸통을 잇는 잘록한 부분'이다. 그러므로 목 없는 기사를 글자 그대로 해석하면 거꾸로 쓴 느낌표 같은 형상이 나온다. 어깨 위에 머리가 한 뼘 이상 떠 있는 우스꽝스러운 모습이 상상되는데 어쨌거나 그 생각에 골몰하다 이 작품을 쓰게 되었다. 배경에서 중세 유럽 어딘가의 느낌을 받았다면 다 목 없는 기사 탓이다.

두 번째는 제인 욜런의 〈엄마 갔어〉*라는 소설이다. 아니, 이 소설에서 영향을 받았다기보다는 감화받았다는 표현이 더 정확하다. 몇 년 전 이 소설을 읽고 언젠가 나도 이런 분위기의 소설을 쓰고 싶다고 생각했으니까. 이 앤솔러지 작업 덕분에 소설 버킷 리스트 하나를 달성한 셈이다. 몇 마디 문장으로는 〈엄마 갔어〉의 감동을 다 전달할 수 없어 흡혈귀가 되어 돌아온 엄마와의 이별을 그린 소설이라고만 소개하겠다. 원고지 30매 분량의 짧은 소설이니 직접 읽어보시길 추천한다.

마지막으로 살아 있는 사람들의 죄책감에 대해 쓰고 싶었다.

---

* 제인 욜런, 〈엄마 갔어〉, 오슨 스콧 카드 외, 《다른 늑대도 있다》, 창비, 2009

영화 〈벤자민 버튼의 시간은 거꾸로 간다〉에서 벤자민은 데이지의 사고에 만약, 이라는 가정을 끝없이 한다. 만약 친구의 신발 끈이 끊어지지 않았다면, 트럭이 길을 막지 않았다면, 지각한 남자가 알람을 맞춰놨다면, 택시 기사가 커피를 사지 않았다면…….

우리는 사랑하는 이의 죽음 앞에서 벤자민 버튼처럼 만약, 이라는 가정을 하며 스스로를 고통에 몰아넣는다. 하지만 자책해도 달라지는 것은 없다.

〈숨은 머리 찾기〉에서 바이올렛이 엠마를 이해했듯, 죽은 자는 우리를 이해해줄 거라 믿는다. 비록 용서하지는 않더라도. 나는 용서, 라는 행위가 너무 상징적이라고 생각한다. 용서에는 작위적인 면이 있다. 우리는 용서가 아닌 사랑으로 살아간다.

소중한 사람을 떠나보낸 마음은 아프다. 아쉬움이 남는다. 그러나 우리가 할 일은 스스로를 저주하고 괴롭히는 것이 아니다. 우리가 할 일은 그들이 남기고 간 영혼의 입자를 느끼는 특별한 순간, 그들과 함께했던 소중한 기억을 보듬는 것이다.

남유하

옥경이라는 이름의 술집

함
윤
이

함윤이
1992년 인천에서 태어났다. 2023년 제14회 젊
은작가상을 수상했다.

옥경은 스무 살이 되지 못했다.

병사病死였다.

11월의 금요일로, 초겨울치곤 따뜻한 날이었다. 어쩌면 우재가 새벽 내내 땅을 파서 그렇게 느껴졌는지도 모른다.

우재는 공사장 곳곳을 헤매고 다녔다. 얼어붙은 땅에서 무언가를 찾아내는 건 쉬운 일이 아니었다. 처음에는 밧줄을 찾다 실패했고, 한참 후에야 컨테이너 주위에서 자루가 부러진 삽을 찾아냈다. 옆구리에 삽을 끼다시피 하고 땅을 팠다. 함께 찾아낸 목장갑을 꼈음에도 손이 금방 벗겨졌다. 나중에 들여다본 손바닥은 피투성이가 되어 있었다.

그래도 구덩은 깊게 파야 했다. 옥경의 몸을 어디 하나 접힌데 없이, 반듯하게 넣어주고 싶었다. 그를 들어서 구덩이 속에 넣는 데는 땅을 팔 때만큼 큰 힘이 들었다. 뼈만 남은 주제에 어이없이 무거웠다. 우재는 옥경의 몸을 반듯이 편 후 그 위에 잠시 엎어졌다. 겹쳐진 사이 옥경의 몸은 아주 약간 미지근해졌다. 다시 내려다본 얼굴은 그사이 더 창백해져 있었다. 몸뚱이는 여전히 비쩍 마른 채였다. 엉킨 머리카락을 목 아래에 넣어주고 구렁을 나왔다.

구덩이를 흙으로 덮는 일은 빠르게 끝났다. 우재는 미세하게 불룩해진 둔덕을 보다가 땀을 닦았다. 옥경과 제 가방을 앞뒤로 들쳐메고서 공사장을 떠났다. 겹쳐진 방진면 더미, 이끼 색깔의 천, 먼지 낀 유리들과 위험물품보관함이라고 적힌 상자를 지나 펜스를 넘었다. 공사장을 정상에 둔 언덕을 구불구불 내려와 몇 개의 민가와 백반집을 지났다. 이윽고 항구가 나왔다. 옥경과 이전에 한 차례 들렀던 항구였다.

수평선에서 반짝거리는 게 뭘까요?

그날 옥경은 물었다.

다 오징어잡이 어선이에요.

우재의 대답에 옥경은 그를 빤히 보다 물었다. 어떻게 알아요? 우재는 답하지 않았다. 평소 묻는 쪽은 우재, 침묵하는 건 옥경이었는데 그날만은 반대로 됐다.

항구에 묶인 배들은 대개 작고 오래된 어선이었다. 옆구리마다 어울리지 않게 큼직한 이름이 적혀 있었다. 구원 독수리 태풍 승리 영광 같은 이름들을 지나가다 낯선 배 하나와 마주쳤다. 다른 어선보다 두 배는 컸지만, 유람선이나 화물선에 비할 만한 크기는 아니었다. 난간에 칭칭 감긴 크리스마스 장식이나 갑판 전체를 환히 밝힌 푸른 불빛도 눈에 띄었지만, 특히 마음을 찌른 건 선루에 매달린 전광판이었다. 한가운데에서 네 개의 문자가 번갈아 번쩍였다. 글자들은 푸른색이었으며, 우재의 머리통만큼 컸다.

옥경
玉京

그 아래에는 영업시간이 적혀 있었다. 월부터 금, 오후 여섯 시부터 새벽 한 시까지.

우재는 입을 벌린 채 그 글자들을 보았다. 배의 갑판과 부두를 잇는 널빤지 다리를 발견한 뒤에는 그 앞만 한참 맴돌았다. 마침내 결심한 후, 그는 엉거주춤 다리를 건넜다.

갑판은 푸른 전구 빛에 휩싸여 있었다. 희게 칠한 선루 안쪽에 문이 있었다. 문틈으로 노란빛과 낡은 음질의 음악이 흘러나왔다. 우재가 문 안으로 고개를 디밀었다. 예상과 다른 풍경이 눈앞에 펼쳐졌다.

술집이었다. 한눈에 봐도 오래된 곳이었다. 바닥과 벽 그리고 천장, 탁자들과 바는 모두 붉은 목재로 만든 것이었다. 바 뒤편의 벽은 붙박이장으로, 갖가지 술병이 가득 차 있었다. 그 앞에 한 여자가 서 있었다. 키 큰 여자였다.

우재는 한 발짝 물러섰다. 여자가 바 끝에 달린 스윙 도어를 지나 그에게 다가왔다. 다가올수록 큰 키가 풍기는 위압감이 짙어졌다. 최소한 190센티미터는 될 듯했다. 머리카락은 양털처럼 부스스했다. 여자가 한 발짝 더 물러선 우재에게 말했다.

"들어올 거예요?"

우재는 잠시 망설였다. 땀이 마르자 온몸에 오한이 돌았다. 우재가 천천히 술집 문턱을 넘었다. 무슨 일이 생기면 바다로 뛰어들면 된다. 입속으로 중얼거렸다. 물속에서 그보다 빠른 사람은 몇 없었다.

우재는 술집 한가운데 놓인 탁자에 앉았다. 여자가 메뉴판을 가져왔다. 우재는 그가 한 번도 본 적 없는 이름들을 위아래로 훑다가 아무거나 가리켰다. 여자가 우재의 얼굴을 빤히 보다가 물었다.

"신분증 있어요?"

우재는 가방에서 운전면허증을 꺼냈다. 그것은 한 달 전 옥경이 만들어준 것이었다. 옥경의 마지막 작품인 셈이었다. 면허증 안의 우재는 실제보다 두 살 더 많았다. "스물한 살?" 여자의 물음에 우재는 고개를 끄덕였다. 여자가 웃음인지 찡그림인지 알 수 없는 표정을 짓다가 말했다.

"동안이네요."

우재가 고개를 푹 숙였다. 여자는 별말 없이 술을 가져다주었다. 뜨거운 술이었다. 투명한 술에서 흰 김이 부풀어 올랐다.

우재는 우선 술과 함께 나온 비스킷부터 먹어치웠다. 단맛을 한번 맛보자 배 속에서 개구리가 울기 시작했다. 개의치 않고 술도 한 모금 마셨다. 벌컥 들이켜고 싶었으나 너무 뜨거워 후후 불어서 마셔야 했다. 술은 생각보다 괜찮았다. 좀 썼지만, 단맛이 그보다 더 강했다. 두 모금, 세 모금을 연달아 마셨다. 여자가 다시 비스킷을 줬다. 우재는 그도 모두 먹어치웠다.

얼굴에 열이 오르고 머리가 어질거리기 시작했다. 딱 좋아. 우재는 생각했다. 부러진 삽자루를 잡으며 벗겨진 손바닥의 통증이나, 몸에 닿았던 딱딱한 옥경의 몸이 모두 머릿속 저편으로 흐릿해져갔다. 우재는 한 잔을 더 시켰다. 이번에는 훨씬 더 느리게 마셨다. 한 모금, 두 모금, 세 모금.

눈을 뜨자 좁은 방 안이었다. 누군가 걸레라도 짜듯 그의 두 개골 안쪽을 꽉 붙잡고 비트는 듯했다. 목을 돌릴 때도 어마어마한 통증이 일었다. 그러나 통증은 고개 돌린 자리에서 마주한 여자를 봤을 때 느껴진 충격에 비하면, 아무것도 아니었다.

여자는 이번에 확실히 웃고 있었다. 그가 빠르게 말했다.

"너 돈이 하나도 없더라. 아까 그게 얼마나 비싼 술인지 알아?"

그가 바닥에 내려둔 우재의 짐을 가리키며 말했다.

"어떡할래, 경찰서에 갈래? 아니면 여기서 일이라도 좀 할래?"

혀가 풀려 말이 잘 나오지 않았다. "일이요?" 우재의 물음에 여자가 다시 말했다. "어. 청소랑 설거지, 그리고 심부름. 술값 갚을 때까지만 일해. 숙식은 제공해줄게." 우재는 추를 달아둔 듯 무거운 눈을 껌뻑였다. "저는…… 그럼 계속 일할 수도 있어요." 곧 우재가 헛구역질을 했다. 여자는 이번에는 양철통을 가져다줬다. 토사물이 바닥에 부딪히는 소리. 여자가 내는 짜증도 희미하게 들려왔다. 우재는 다시 잠들었다. 추위에 몸을 옹송그리지 않은 채 잠든 것은 정말 오래간만의 일이었다.

다시 잠에서 깼을 때는 이미 아침이었다. 우재는 엉금엉금 기어 화장실로 갔다. 속을 한 번 더 게우자 노란 물만 나왔다. 어제 모조리 쏟아낸 모양이었다. 하긴 그걸 제외하면 지난 며칠간 먹은 것도 거의 없었다.

머리가 좀 맑아지자 바닥을 울리는 엔진음과 출렁거림이 느껴졌다. 우재는 선실을 나섰다. 나무 복도가 나타났다. 복도 끝에 난 문을 열자 세찬 바람이 우재의 얼굴을 때렸다. 우재는 선루로 나와 난간을 붙들고 주위를 둘러보았다. 사방이 바다였다. 저 너머로 멀어진 땅이 가물거렸다. 이런 데선 도망칠 수도 없었다. 우재는 난간에 매달린 채 갑판으로 내려갔다.

여자는 1층 조타실에 있었다. 잠수복 차림이었다. 머리부터 발끝까지 모두 감싸는 드라이슈트에 웨이트벨트까지 맨 모습이었다. 오른 손목에는 수심을 재는 다이빙 컴퓨터를 차고 있었다. 벨트에 납이 여러 개 끼워진 것을 보니 꽤 깊은 곳까지 들어갈 모양이었다. 우재와 눈이 마주친 여자가 말했다.

"이제 깼네. 너 이따가 계약서 써야 된다."

"다이빙하게요?"

"어, 그동안 커피 좀 끓여놓을래? 주방에 가면 재료 있어."

우재가 조타실의 모니터에 뜬 그래프며 좌표를 보는 동안, 여자는 갑판으로 나갔다. 어느새 오리발에 마스크도 끼고 있었다. 우재가 그의 등 뒤로 다가갔다.

"혼자 잠수해요? 버디 없이 하면 위험하잖아요."

여자가 입에 문 호흡기를 빼고서 물었다.

"잠수해본 적 있어?"

"예전에요."

"난 혼자 자주 해봐서 괜찮아. 왜, 너도 하게?"

우재가 입을 벌렸다가 다물었다. 노력하지 않아도 바닷속에서의 감각은 선명히 떠올랐다. 우재는 11월의 바다에 어떤 추위가 도사리는지 알았다. 그 추위에 몸이 익고 나면 펼쳐지는 풍경의 녹색 빛도, 거대한 포옹 같던 수압도 또렷이 기억했다.

가장 선명히 떠오르는 것은 긴 잠수 중, 심장이 서서히 조여들던 느낌이었다. 몸속 어디에 있는지도 모르는 폐가 팽팽히 부풀고 머릿속이 띵해지던 순간. 우재가 그 느낌의 끝까지 다다른 적은 없었다. 그러나 고향을 떠난 후, 우재는 그 감각을 몇백 번이 넘도록 상상하고 또 곱씹어보았다. 이제 그 느낌은 실제로 겪은 일처럼 몸에 남아 있었다.

"저는 괜찮아요. 다녀오세요."

여자는 어깨를 으쓱이더니, 갑판 난간에 엉덩이를 대고 섰다. 우재는 참지 못하고 물었다. "마스크에 머리카락 안 꼈어요? 밸브 확인했고요?" 여자가 한 손으로 오케이 사인을 그렸다. 그다음 오른손으로는 마스크를, 왼손으로는 호흡기를 잡았다. 갑판을 디뎠던 발이 둥실 떠오르며 몸이 뒤로 넘어갔다. 이윽고 첨벙 소리가 뱃전을 울렸다.

우재는 난간을 붙잡고 바다를 내려다봤다. 고동색 바다 위에 여자가 둥둥 떠 있었다. 그가 소리를 질렀다.

"커피 뜨겁게 해줘, 설탕 많이 넣고!"

그다음 여자는 호흡기를 물고 코를 쥐었다. 흥, 소리를 냈다. 한 손으로는 슈트 안의 공기를 빼고 있었다. 곧 여자가 물속으로 들어갔다. 고동색 그림자가 점차 수면 안쪽으로 멀어져갔다. 공기 방울들만 수면 위에 남았다.

여자는 반 시간쯤 뒤에 돌아왔다. 우재가 만든 커피를 마시고 익, 소리를 냈다. 이후에는 물을 뚝뚝 흘리며 바 안으로 들어갔다. 돌아온 여자의 손에는 계약서가 들려 있었다. 아주 두툼했고, 조그만 글자들로 빽빽했다. 우재는 아직 축축한 여자의 얼굴을 힐끗대다가 물었다.

"혹시 어제 술값 다 갚은 뒤에도……."

"계속 일해도 되냐고? 그건 그때 가서 얘기해."

"무급으로 계속 일할 수도 있어요. 숙식만 제공해주시면요."

"얘가 나를 무슨 악덕 사업주로 아나. 그때 가서 얘기하자고."

우재는 계약서 하단에 적힌 숙식 제공 항목을 확인한 뒤 잽싸게 아래쪽에 서명했다. 나머지 글자들은 훑지도 않았다. 그럴 필요도 없었다.

그 순간부터 우재는 옥경이라는 술집에서 일하기 시작했다.

이후의 절차는 빠르게 진행됐다. 이제 그의 사장이 된 여자가 그를 이리저리 끌고 다니며 할 일을 설명해주었다. 청소나 설거지는 우재가 그간 했던 일보다 훨씬 쉬웠다. 우선 바깥에서 벌벌 떨 필요가 없다는 게 좋았다. 더 좋은 건 식사가 주어진다는 것이었다.

저물녘이 되자 사장은 배를 돌려 항구로 돌아갔다. 배를 매어놓은 뒤 근처 식당으로 갔다. 백반집이었다. 그날 우재는 미역국과 공깃밥 그리고 생선구이를 두 그릇 반씩 비웠다. 처음에 사장은 그릇까지 씹어 삼킬 기세로 국물을 들이켜는 우재를 황당하게 보더니, 세 그릇째부터는 직접 깍두기까지 담아다 줬다.

밥알이 목구멍까지 차오른 듯 느껴질 즈음 우재는 수저를 내려놓았다. 그제야 제정신이 돌아왔다. 목덜미가 섬찟해졌고 이마에서 땀이 흐르기 시작했다. 이미 식당 안의 모두가 그를 보고 있었다. 식당 주인 부부는 입을 벌린 채였다. 사장만이 별다른 표정 없이 그를 보고 있었다.

"왜 무급으로라도 일하려는지 알겠다." 사장이 말했다. "너 엄청나게 먹는구나."

우재가 죄송하다는 말을 웅얼거리는 새, 사장은 일어나 계산을 마쳤다. 우재는 지칫거리며 그를 따라갔다.

술집으로 되돌아가 청소를 마저 마치고 선실에 누워 천장을 바라볼 때가 되어서야, 서서히 현실 감각이 살갗에 녹아들었다. 이토록 갑작스레 다가온 행운을 믿을 수가 없어, 우재는 연신 눈을 깜빡였다. 지금 그는 초겨울의 추위 한가운데 던져지지도 배를 곯고 있지도 않았다. 무엇을 더 먹지 않아도 좋을 정도로 배가 부른 것이, 그리고 이불로 몸을 덮고 있는 게 얼마 만인지 기억나지도 않았다.

그러나 몸이 말짱해지자 머릿속도 함께 맑아지고 말았다. 머리가 제대로 돌아가면서 하루 전날 자신이 안아 들었던 딱딱한 몸의 감촉이, 그리고 흙을 파는 내내 감돌던 쓰레기 냄새가 다시 올라왔다. 우재는 벌떡 일어났다. 선실을 빙글빙글 돌다가 1층으로 내려갔다.

술집은 여전히 열려 있었다. 바에 앉아 책을 읽던 사장이 고개를 들었다. 우재는 머뭇거리다가 말했다.

"혹시 어제 마셨던 거, 다시 마실 수 있을까요? 값은 일해서 갚을게요."

사장이 코웃음을 쳤다.

"무급 핑계로 대체 얼마나 마시려는 거야? 안 돼."

"잠이 안 와서요……. 다른 거, 싼 거라도 좋으니까요."

사장이 길게 한숨을 내쉬더니 일어섰다. 그가 물을 끓이는 동안 우재는 제 발만 내려다보았다. 곧 사장이 잔을 건넸다. 술 대신 차가 담겨 있었다. 일하는 중에는 술 마실 생각은 하지도 말라는 엄포가 뒤따랐다.

우재는 느릿느릿 차를 마셨다. 향은 구수했고 배 속으로 흘러든 온기가 팔다리에 아직 남아 있던 냉기마저 녹였다. 설거지까지 모두 마친 후 선실로 올라갔을 때는 눅진한 피로가 몰려들었다. 그날 밤, 우재는 꿈도 꾸지 않고 잤다.

그다음 날도 비슷한 일정이 반복됐다. 사장은 주말마다 바다에 나간다고 했다. 그는 다시 온몸을 감싸는 드라이슈트를 입고 웨이트벨트를 찼다. 마스크, 오리발, 호흡기, 다이빙 컴퓨터를 걸쳤다. 우재는 그의 곁을 맴도는 체하며 마스크에 머리카락이 끼지 않았는지, 밸브는 제대로 잠겨 있는지 확인했다. 사장은 우재를 귀찮아하는 기색이었으나 딱히 무어라 핀잔하진 않았다.

사장은 모두 세 번 바다에 들어갔다. 그가 사다리를 타고 올라올 때마다 슈트 고리에 달린 그물망은 가득 차 있었다. 우재는 사장이 그것들을 갑판에 쏟아내는 순간을 훔쳐보았다. 노란 명찰이나 한쪽만 남은 신발 같은 게 눈에 띄었다. 사장은 그것을 마른 천으로 닦은 뒤 바의 찬장에 올려두었다. 찬장에는 이미 정체 모를 물건들이 여럿 놓여 있었다.

항구에 돌아가 다시 배를 정박한 후, 사장은 우재를 바 안쪽으로 불렀다. 술 만드는 법을 가르쳐주겠노라고 했다. "당장 쓸 필요는 없겠지만 말이야. 알바로 일할 거면 네가 내놓는 술 이름은 알아야겠지." 우재는 그가 건네준 종이에 적힌대로 각종 술과 시럽, 음료수들을 섞었다. 우재가 자신이 만든 술을 맛보려 손을 뻗는 순간, 사장이 우재의 손을 찰싹 내려쳤다.

"어딜! 너 술 지독하게 못 마시는 것 같던데. 또 토 치워줄 생각 없다."

결국 우재의 술을 맛본 건 사장이었다. 그는 한 모금씩 마실 때마다 오만상을 찌푸리더니, 마지막에는 물로 입을 헹궜다.

"너 앞으로 배울 게 많겠다. 이제 점심에 내려와서 연습 좀 해."

그날 밤까지 우재는 홀을 청소했다. 사장이 시킨 것도 아니었지만, 비질에 대걸레질까지 끝냈다. 그래야만 피로해질 테고, 별다른 생각 없이 잠에 들 수 있을 터였다. 자정이 가까워지자 사장은 다시 차를 끓여주었다. 어제와 같은 차였다. 우재는 차를 마시고 선실로 올라갔다. 계단을 오르다가 몇 번이나 공사장이 놓인 육지 쪽으로 눈이 향했지만, 모두 잘 참아냈다. "앞으로도 계속 이렇게 살면 돼." 우재는 침대에 누우며 중얼거렸다. "그럼 다 괜찮아질 거야."

그날도 우재는 바로 잠들었다. 꿈을 꾸긴 했다. 잘 아는 얼굴이 그를 바라보는 꿈이었다. 골목이 나온 것도 같았다. 골목은 우재와 옥경이 몇 해간 살았던 곳이었다. 골목은 재개발이 되기 전까지 계속해서 버려져 있을 폐가와 빈 건물로 가득했다. 우재와 옥경과 비슷한 아이들이 그 골목 곳곳에 진을 치고 있었다. 그들은 매일 주문처럼 욕 아니면 음식 이름을 읊었다. 치킨이나 마라샹궈 아니면 베이컨토마토디럭스에 밀크셰이크. 졸라게 배고프다거나 씨발 죽도록 먹고 싶어, 말하다가 울기도 했다. 그들이 지나가거나 묵는 모든 곳에서는 침 냄새가 풍겼다. 옥경과 우재의 체취도 거기 어딘가에 묻어 있을 터였다.

꿈에서 깨어났을 때 우재는 그 모든 풍경과 냄새를 잊어버렸다. 월요일이었고, 이제부터는 정말로 일을 해야 했다.

첫 손님은 해가 지자마자 왔다. 우재가 사장에게 각종 꾸지람을 들으며 만든 술을 치우고 있을 무렵이었다. 갑판에서 삐걱거리는 소리가 들렸다. 누군가 걸어오고 있었다. 그의 뒤에 서 있던 사장이 머리를 묶었다.

"이제 손님들 올 거야."

"네."

"너 소리 지르지 마라."

"네?"

바로 다음 순간에 반쯤 열어둔 문이 완전히 열렸다. 세 여자가 들어섰다. 우재가 얇게 비명을 질렀다. 사장이 그를 노려보았다.

새로 들어온 세 여자가 문턱에 서서 홀을 둘러보았다. 엄밀히 말하면, 그들은 여자애들이었다. 무언가 단단히 잘못된 여자애들이었다. 피부는 모두 시멘트 같은 잿빛이었으며 입술은 푸르스름했다. 눈과 뺨, 목덜미는 멍인지 생채기인지 모를 것으로 얼룩덜룩했다. 겨울임에도 셋 다 학교 체육복만 걸치고 있었다.

"뭐 해? 가서 자리 안내하고, 주문받고 와."

얼떨떨하게 서 있는 우재에게 사장이 말했다. 한 번 더 실수하면 가만두지 않겠다는 눈길이었다. 우재는 휘청거리지 않으려 애쓰며 메뉴판을 들고 그들에게 다가갔다. 여자애들이 일제히 고개를 돌려 멍한 눈길로 그를 쳐다보았다.

가까이에서 보니 그들의 상처가 더 자세히 보였다. 잔뜩 찢어지거나 부어오른 자국. 한 명의 귀는 곧 떨어질 듯 너덜너덜했고 또 다른 이의 머리는 움푹 파여 있었다. 나머지 한 명은 왼쪽 눈을 제대로 뜨지 못하는 듯했다. 이거 잘못됐어. 우재는 혀끝까지 넘어온 말을 간신히 참아냈다. 그들을 창가에 안내해주고 앉힌 뒤에도 그 말은 계속 우재의 입속을 맴돌았다. 이건 정상이 아니야. 뭔가 잘못됐어.

메뉴판을 받아든 여자애들이 무표정한 얼굴로 술 목록을 훑었다. 귀가 찢어진 여자애가 메뉴판을 돌려주며 말했다.

"저희가 술을 처음 마셔봐서요. 아무거나 주세요."

우재는 그 말을 듣고 여자애들의 얼굴을 다시 들여다봤다. 열여섯 아니면 열일곱? 우재보다 두세 살은 족히 어린 듯했다. 그러나 그것은 그들의 몰골에 비하면 아무런 문제도 아니었다. 우재는 비척거리며 바로 돌아가 사장에게 여자애들의 말을 전했다. 사장은 곧 찬장과 냉장고에서 라임과 설탕, 탄산수, 투명한 플라스틱 상자에 담긴 박하잎을 가져왔다. 우재는 그가 재료들을 섞는 모습을 보다가 말했다.

"저 사람들. 여기보다는 응급실에 가야 할 것 같은데요."

사장이 그를 곁눈질하고 말했다.

"너 계약서 제대로 안 읽었지."

"이게 계약서랑 무슨 상관인데요."

"나중에 얘기해. 저분들 예약 손님이니까 술 잘 가져다드리고. 또 소리 지르면 진짜 혼날 줄 알아."

술잔이 담긴 쟁반을 갖고 탁자로 걸어가며, 우재는 지난 사흘간 자신이 먹은 것을 되새겨보았다. 첫날에는 술과 비스킷. 둘째 날에는 점심을 거른 대신 저녁으로 미역국을 두 그릇 반 먹었지. 어제에는 삼시 세끼를 모두 챙겼다. 사장은 뜬금없이 본인이 팥죽을 잘 만든다면서 엉성한 새알심을 올려둔 죽까지 끓여줬다. 지난 사흘 동안은 온몸이 안쪽으로 쏟아져 내릴 듯한 허기를 한 번도 느끼지 못했다. 추위 또한 마찬가지였다. 11월의 새벽이 어떤지 우재는 잘 알고 있었다. 지난 몇 주 내내 온몸으로 겪었던 것이다. 바람을 막아주는 것 외에는 아무런 쓸모가 없는 컨테이너 안에서, 옥경과 내내 밤을 지새우며 윗니와 아랫니를 부딪쳐가면서.

어쨌든 여길 떠날 순 없다, 고 우재는 되새겼다. 적어도 겨울이 지날 때까지는 이곳에서 버텨야 했다.

우재는 가능한 한 밝은 얼굴로 여자애들 앞에 섰다. 탁자에 술잔을 하나씩 내려놓고 뒤로 물러섰다. 여자애들이 술을 홀짝거리는 동안에도, 그들이 차차 무어라 말하기 시작할 때에도, 마침내 옅은 웃음소리 같은 게 터져 나오는 순간까지도 거기 가만히 서서 웃는 얼굴을 유지했다. 아주 예전에 어머니나 아버지와 함께 갔던 횟집에서 아르바이트생들이 딱 이런 얼굴로 서 있던 것을 본 기억이 났다.

기분 탓일까? 술을 마실수록 여자애들의 낯빛이 밝아지는 듯했다. 처음에는 시멘트 같던 얼굴에 조금씩 혈기가 돌고, 멍든 눈이나 긁힌 뺨도 차차 매끈해졌다. 움푹 팼던 여자애의 머리는 점차 볼록해졌고, 다른 여자애도 양 눈을 모두 떴다.

우재는 눈을 비볐다. 내가 아까 술을 조금 마셨던가? 아니면 어제와 그제 마신 차에 이상한 뭔가 들어 있었나? 그러나 구구단을 외워보고 온몸을 더듬어봐도, 머리와 몸 모두 말짱했다. 와중에 여자애들의 목소리는 점차 높고 맑아졌다. 그들은 여행 계획을 짜고 있었다. 꽤 긴 여행을 떠날 모양이었다. 챙겨야 할 옷가지, 고데기, 스킨로션에 대한 정보가 이래저래 오갔다. 이제 그들은 우재가 흔히 봤던 여자애들처럼 보였다. 그가 고향에서 학교에 다니던 시절 마주쳤던 여자애들, 혹은 골목에 막 처음 다다랐던 소녀들처럼.

내가 너무 긴장했던 거야. 우재는 한층 뾰얘진 여자아이들의 모습을 보며 생각했다. 요 며칠간 너무 이상한 일을 많이 겪어서 머리가 잠깐 뒤엉켰던 거라고. 봐, 눈앞의 애들은 모두 멀쩡하잖아. 물론 술집에 오면 안 될 나이 같긴 하지만……

그 순간, 가장 끄트머리에 앉아 있던 여자애의 귀가 떨어졌다.

우재가 소리를 질렀다. 여자애들이 용수철처럼 튀어 올랐다. 그들은 곧 어깨를 곤두세우고 우재를 노려보았다. 우재는 뒷걸음질 쳤다. 그의 눈길이 땅바닥을 향했다. 거기 귀가 있었다. 아직 잿빛 기운이 가시지 않은, 마르고 텁텁해 보이는 귀였다.

"야."

바로 뒤에서 목소리가 들렸다.

"조심하라고 했잖아."

우재가 돌아보았다. 거기에 사장이 있었다. 키가 워낙 커서 명치가 먼저 보였다. 얼굴에는 여태 본 적 없는 엄한 빛이 감돌았다. 우재가 벽에 몸을 기댔다. 여자애는 여전히 우재를 보고 있었다. 아직 푸르스름한 그 얼굴에 갖가지 감정이 여실히 드러났다. 수치심, 난감함, 그리고 서러움.

"괜찮아요."

사장이 말했다. 여자애에게 한 말이었다. 곧 그가 탁자로 몇

걸음 다가서더니 몸을 숙였다. 그는 아주 조심스럽게, 바다에서 건져온 물건을 대하듯 신중한 손길로 귀를 옮겨 여자애의 머리 가까이 가져갔다. 구멍만 남은 머리통에 귀를 바짝 붙이더니 아주 부드러운 목소리로 말했다.

"한 모금만 더 마셔요."

우재는 여자애 앞에 놓인 술잔을 보았다. 다른 여자애들에 비하면 아직 몇 모금 마시지 않은 잔이었다. 귀를 잃은 여자애가 머뭇거렸다. 사장은 그와 눈을 맞추고 고개를 끄덕였다. 마침내 여자애가 술을 한 모금 더 마셨고, 사장은 귀를 여자애의 머리에 대고 꾹 눌렀다. 사장이 손을 떼어냈을 때, 귀는 원래 있던 곳에 제대로 붙어 있었다. 사장이 미소 지으며 말했다.

"미안해요. 아르바이트생이 첫날이라……. 이따 서비스로 한 잔 더 줄게요."

표정이 누그러진 여자애가 다시 술을 홀짝였다. 돌아선 사장이 우재에게 걸어왔다. 입모양을 보니 무어라 말하고 있었다. 경고 또는 꾸지람이겠지. 그러나 알아들을 수는 없었다. 그럴 정신이 아니었다. 우재는 사장을 옆으로 밀쳐내고 문으로 달려갔다. 등 뒤에서 사장이 그를 불렀다. 돌아와, 라고도 말한 것 같았다. 우재는 멈추지 않았다. 문턱을 넘고, 갑판을 지나, 널빤지 다리를 건넜다. 항구에 내려온 뒤에도 계속 뛰었다. 숨을 헐떡이자 늑골 안쪽이 찌르는 듯 아파왔다. 이마에서 흐른 땀이 눈을 찔렀다. 곧 얻어맞은 개들에게서나 날 법한 흐느낌이 목을 타고 넘어왔다.

이제는 아주 오래전처럼 느껴지는 그날, 옥경과 우재는 바닥에 배를 바짝 붙인 채 기어서 골목을 빠져나왔다. 길 곳곳에 버려진 담배꽁초와 둥글게 마모된 유리 조각, 누군가 뱉은 침이 맨살에 닿았다. 아이들에게 들키지 말아야 했다. 골목에서 사는 데에는 그다지 엄격한 절차가 필요하지 않았으나, 골목을 떠나려면 지난한 과정이 필요했다. 애들이 죽기 직전까지 맞는 모습을 본 적이 있었다. 때리는 애들도 맞는 애들도 울고 있었다.

그게 며칠 전이었지. 언덕을 올라가며 우재는 생각했다. 몇 주는 됐나? 몇 달? 골목을 빠져나온 이후 시간은 너무 느리거나 빠르게 흘렀다. 골목을 떠나던 날까진 괜찮았다. 골목을 벗어나 기차역에 다다랐을 즈음 그들은 웃고 있었다. 우재도 옥경도 그랬다. 우재는 들뜬 맘에 옥경에게 묻기도 했다. 우리 이제 반말하는 건 어때? 옥경은 단호하게 거절했다. 반말하게 되면 상호 간 존중이 뭉그러질 거라고 했다. 우재가 얼떨떨한 얼굴로 존중? 묻자 옥경이 존중, 하고 대답했다. 좀 머쓱했지만 우재는 그 대답을 받아들였다. 실은 옥경이 그런 단어를 쓸 수 있는 애라서 좋았다. 그래서 그를 따라 골목을 나온 것이었다.

우재는 뒷주머니를 뒤적였다. 짐을 모두 배에 두고 나왔구나. 옥경이 만들어준 여권도 운전면허증도 없었다. 그것들을 만들던 옥경의 모습을 떠올리자 마음 한 어귀가 비틀렸지만, 어쩔 수 없었다.

　공사장까지 가는 길의 경사는 몹시 가팔랐다. 정상에 오른 우재가 무릎을 짚고 한동안 숨을 몰아쉬었다. 그는 펜스를 넘어서 이끼 색깔의 천과 방진면 더미, 위험물품보관함들을 지나 부러진 삽 앞에 멈췄다. 그 옆에 아주 작은 둔덕이 있었다.

　우재는 그 앞에 쭈그리고 앉았다. 무릎을 끌어안았다. 호흡이 가라앉고 몸이 식자 또다시 추위가 찾아왔다. 우재는 바닥에 굴러다니던 여자애의 귀를 생각했다. 귀걸이가 달려 있었던 것 같기도 했다. 사장이 옆머리에 귀를 붙인 순간, 녹아들 듯 서로 엉겨 붙던 피부도 기억이 났다. 그런 게 가능한가? 내가 본 게 사실이 맞나? 그 애들은 뭘까? 우재가 손을 뻗어 흙을 만졌다. 얼어붙어 있었다. 이번 추위는 누군가에게 벌이라도 주려는 듯 이르게 찾아왔다. 이렇게 낮은 온도에서라면 옥경의 몸도 묻었을 때 모습 그대로일지 몰랐다. 우재는 골목을 떠난 후 아주 빠르게 야위어가던, 그리고 늙어가던 옥경의 몸을 생각했다. 손목의 너비가 매일 줄어들어 나중에는 도무지 줄어들 수 없을 정도가 되었다. 우재는 몇 차례나 옥경에게 경찰서로 가자고, 겨울 동안만이라도 쉼터에서 지내자고 말했다. 옥경은 매번 완강하게 거절했다.

　단 한 차례, 우재가 힘으로 옥경을 끌고 가려 한 적이 있었다. 응급실이든 경찰서든 데리고 갈 작정이었다. 그날 옥경은 남은 기운을 모두 끌어모은 듯 맹렬하게 우재를 공격했다. 팔 한쪽이 손톱자국으로 뒤덮일 정도였다. 우재가 그를 내려놓자, 옥경은 한참을 헐떡거리다가 말했다. 다음에 그럼 그냥 죽어버릴 거야. 잠시 후 옥경은 말을 정정했다. 아니, 내가 죽지 않아. 널 죽여버 릴 거야. 죽을 때까지 팰 거야. 그러고서는 코를 마시며 울었다. 우재는 그것이 자신이 처음 접한 옥경의 진심인지도 모르겠다 고 생각했다.

미안해요.

그날 밤 옥경은 우재의 등에 대고 말했다. 너무 아플 때면 종 종 진심이 아닌 말이 나온다고. 내일은 우재와 함께 경찰서에 가겠노라 했다. 거기서 옥경의 몸 상태를 보면 어디든 데려다줄 거라고. 병원이든, 쉼터든 간에. 그것이 옥경과 나눈 마지막 대 화였다.

그다음 날, 우재는 오랫동안 옥경의 몸 옆에 앉아 있었다. 해 가 진 뒤에는 밧줄을 찾으러 나섰다. 그러나 공사장을 몇 바퀴 나 돌아도 밧줄은 보이지 않았다. 대신 부러진 삽과 목장갑을 얻었다. 그걸로 옥경을 묻고 돌아서 바다로 갔다. 옥경은 완전 히 잊은 듯 며칠을 벽과 천장으로 감싸인 곳에서 보냈다.

"벌을 받는 것 같아요."

우재가 중얼거렸다.

"너무 없던 일처럼 굴어서 벌 받는 것 같아요, 진짜로."

우재는 웅크린 채 옆으로 누웠다. 옆얼굴에 닿는 흙의 냉기 가 뺨을 찔렀다. 흙이 천천히 녹아내리며 오른쪽 귓바퀴가 축축해졌다. 왼쪽 귓바퀴로는 파도 소리가 흐릿하게 들려왔다.

　누군가 펜스를 넘어오는 소리를 들었을 때도 우재는 가만히 있었다. 불량배들이라면 얻어맞고, 경찰이 오면 끌려갈 심산이었다. 그러나 막상 앞에 선 이의 얼굴은 아주 익숙한 것이었다. 그는 땅바닥에 가방을 던졌다. 우재가 느리게 일어나 앉았다. 사장이 무릎을 구부리고 우재와 눈을 맞췄다.

　"너 때문에 두 시간이나 일찍 닫았다."

　"계약서에 뭐라고 적혀 있었어요?"

　사장이 길게 한숨을 내쉬었다. 곧 가방을 열고 안에 든 것을 꺼냈다. 술병과 유리잔이었다. 병 안에 든 액체는 아주 투명했고, 유리잔은 방금 닦은 듯 반질반질했다. 사장이 잔에 술을 따르며 말했다.

　"그야 당연히 술집 얘기가 적혀 있지. 어떤 일을 해야 하고, 어떤 사람들이 오는지."

　"어떤 사람들인데요?"

　"우리랑 같지 않은 사람들. 죽은 사람들. 유령들."

　우재가 귀에 묻은 흙을 털어냈다. 사장은 옥경을 묻은 곳에서 몇 발짝 떨어진 거리에 앉아 있었다. 그 사실이 그를 불편하게 했다. "장난치는 거죠?" 우재의 물음에 사장이 헛웃음을 지었다. 큰 키부터 굽슬굽슬한 머리카락까지, 옥경과 정반대로 빚어놓은 사람인 양 다른 모습이면서도, 비웃는 얼굴만은 퍽 비슷

했다.

"장난이 아닌 거 아니까 너도 그렇게 부랴부랴 도망갔겠지."

사장이 뒤를 돌아보았다. 둔덕이 있는 자리를 손바닥으로 몇 번 쓸더니 다시 우재에게로 눈길을 돌렸다.

"네가 묻었어?"

우재는 대답하지 않았다. 사장이 술잔을 들고 일어섰다. 그가 둔덕을 물끄러미 내려다보더니 다시 무릎을 꿇었다.

"뭐 하는데요."

"제사."

"애가 누군지는 알아요?"

"알아. 옥경이잖아."

돌아본 여자가 그의 얼굴을 보더니 소리 내어 웃었다. "왜, 죽은 사람들한테 술도 만들어주는데, 이름을 아는 건 이상해?" 사장이 둔덕 위에 술을 따랐다. 술은 서리가 엉긴 흙을 따라 흘렀다. 술이 지나간 자리가 검게 물들었다. 사장이 일어나 절을 했다. 한 번, 그리고 두 번. 마지막에 목례.

"너도 해."

"뭘요?"

"뭐긴."

사장이 우재의 두 팔을 붙잡고 일으켜 세웠다. 우재는 그가 새로 따른 술잔을 들고 서 있었다. 유리잔은 얼음처럼 차가웠고, 흙이 묻은 귀도 여전히 냉기에 절어 얼얼했다. 목덜미나 겨

드랑이에 파고드는 추위는 며칠 전보다 더 날카로웠다. 땅에 묻힌 사람은 추위도 느끼지 못하겠지. 우재는 둔덕에 술을 따랐다. 술이 남긴 구불구불한 궤적을 보다가 절했다. 이마와 무릎에 닿은 흙도 곧 녹아내렸다. 우재는 자신이 몸을 겹친 순간, 느리게 미지근해지던 옥경의 살을 기억했다. 그 온도에서 벗어날 수가 없었다.

한동안 우재와 사장은 나란히 앉아 있었다. 눈이 내리기 시작했다. 첫눈인가, 생각하던 우재에게 사장이 담요를 건넸다. 가방에 담아온 것이었다. 우재는 담요를 어깨에 걸쳤다. 수평선 너머에서 번쩍이는 불빛들을 봤다.

옥경은 우재가 오징어잡이 어선의 불빛을 어떻게 알고 있는지 물었지. 답해줬으면 좋았을 거라는 생각이 들었다. 자신의 삶에 대해 말했더라면, 그러니까 자신이 거쳐온 항구의 풍경과 낡은 다이빙 장비들, 바닷속의 녹색 빛으로 가득하던 시절에 대해 말해주었더라면 어땠을까. 그렇다면 옥경 역시 무언가 말해줬을지도 몰랐다. 옥경에겐 궁금한 것이 많았다. 골목에는 언제부터 살았는지, 면허증을 위조하는 기술은 어디서 배웠는지, 존댓말을 쓰기로 마음먹은 이유는 무엇이었는지, 어디가 왜 아팠는지, 다 낫는다면 뭘 하고 싶은지.

"기회는 있어."

사장의 말에 우재가 고개를 돌렸다. 잘못 들었나, 생각하던

차에 사장이 또 말했다. "네가 몇 살이랬지?" 우재는 잠시 망설이다가 말했다. "스물한 살이요." 사장이 짙은 눈썹을 찌푸렸다. "진짜 나이 말이야." 우재는 담요 앞섶을 여몄다. 이번에 답하는 데는 한참이 걸렸다.

"열아홉 살이요."

"응. 아슬아슬하게 나이가 맞는구나. 이번 연말쯤에는 만날 수 있겠다."

"무슨 말 하는 건지 전혀 모르겠는데요."

사장은 개의치 않고 계속해서 말했다.

"네가 네 나이 때 말이야. 나도 기회를 딱 한 번만 더 가지면 좋겠다고 생각했어. 그때 저 배랑 만났지. 아무나 이런 일을 겪는 건 아니야. 너랑 나는 운이 좋아."

사장이 손을 뻗어 바다를 가리켰다. 멀리서도 옥경이라는 이름의 술집은 잘 보였다. 전구와 전광판 덕이었다. 우재가 물었다.

"내가 운이 좋다고요?"

"그래."

"그런 얘기는 처음 듣네요."

"일단 나랑 같이 가. 그럼 네가 운이 좋은지 아닌지 직접 알수 있을 테니까. 그러고 나서 정하면 되잖아. 어디로 갈 거고, 뭘할 건지."

사장은 먼저 일어섰다. 그가 우재의 양팔을 붙잡아 일으켜 세웠다. 그들은 제 어깨와 정수리에 쌓인 눈을 털어냈다.

내려가는 비탈길 곳곳의 물웅덩이가 그새 얼어 있었다. 눈이 쌓인 덕에 은빛으로 반짝였다. 큰 웅덩이를 지날 때면 미끄러지지 않도록 종종걸음을 쳐야 했다. 우재보다 머리 하나 반은 더 큰 사장이 종종걸음을 치는 모습은 퍽 우스꽝스러웠다. 이상하게도 바로 그 탓에, 그가 살아 있는 사람이라는 생각이 들었다.

"있잖아요. 술집 이름은 무슨 뜻이에요?"

큰 물웅덩이 하나를 건넌 사장이 고개를 돌렸다.

"네 친구 이름이랑 같은 뜻이야."

"내 친구 이름 뜻을 사장님이 어떻게 아는데요."

"통화했으니까."

"거짓말하지 마세요."

"나 거짓말도 장난도 안 해. 걔가 나한테 전화했어. 네 얘기도 했지."

"뭐라고 했는데요."

사장은 다시 걷기 시작했다. 종종대며 걷는 뒤통수에 무엇이라도 던지고 싶었으나, 쉬이 용기가 나지 않았다. 어쨌건 지금은 저 사람의 비위를 맞춰야 저곳에서 겨울을 보낼 수 있었다. 죽은 사람들이 찾아온다는 술집, 그럼에도 벽과 천장 그리고 보일러가 있는 저 술집에서. 왜 나는 이렇게까지 버티고 있는 걸까. 우재가 생각하던 찰나, 멀찍이서 사장의 목소리가 들렸다.

"너를 잘 부탁한다고 했어."

옥경에서의 시간은 아주 빠르게 흘렀다. 순식간에 일곱 주가 지났다. 추위는 나날이 두툼해지고, 해가 뜬 시간이 점차 짧아졌다. 사장은 동지가 오면 모든 게 바뀌리라고 했다. 동지가 무엇이냐고 묻자 사장은 말했다. 교과서도 제대로 안 읽었나 보네. 계약서처럼. 우재가 그를 노려보자 사장은 한 차례 더 이죽대고서, 동지란 한 해 중 밤이 가장 긴 날이라고 말해주었다. 해가 가장 늦게 뜨고 일찍 지는 날이며, 이날을 기점으로 다시 낮이 길어진다고. 그래서 동짓날에는 악귀를 쫓는다면서 팥죽을 만들어 먹어. 사회 시간에 안 배웠어? 우재는 그의 말을 무시하고 탁자를 닦았다.

매일 오후 우재는 선실과 술집을 청소하고, 사장에게 술 만드는 법을 배웠다. 이제 진토닉이나 보드카오렌지처럼 제조법이 단순한 술은 혼자서도 만들 수 있었다. 그러나 우재가 맛이라도 볼라치면, 사장은 곧장 그의 손목을 붙잡았다. 전처럼 엄하게 타이르진 않아도, 나무라는 눈길은 확실히 보냈다. 어차피 조금 더 지나면 합법적으로 마실 수 있잖아. 그땐 참견 안 할 거야. 그렇게 말하고선 본인이 우재의 술을 한 모금 마셨다. 이후에는 여전히 구정물 같은 걸 만든다며 한참 잔소리를 해댔다.

해가 지면 늘 손님들이 왔다. 매번 어린 손님들, 그리고 어딘가 다치거나 병든 손님들이었다. 몇 주가 지나자 우재 역시 푸르스름하거나 잿빛이 도는 피부에는 어느 정도 익숙해졌다. 그러나 피부를 뒤덮은 멍이나 찢어진 자국에는 도무지 익숙해지지 않았다.

"절대로, 손님들 상처를 아는 척하지 마. 그냥 주문받고 술만 날라. 그거면 돼. 너무 쳐다보지도 말고."

사장은 거듭 강조했다. 우재는 고개를 끄덕였지만, 술을 마신 이들이 환해진 낯빛으로 나가는 순간에는 도무지 눈을 떼지 못했다. 술잔을 모두 비우고 문을 나서는 이들은 하나같이 명랑한 얼굴이었다. 피부는 밝은 살구색 아니면 볕에 오래 태운 찰흙색이었고, 걸음걸이에도 힘이 넘쳤다. 몇 번 그 비결을 사장에게 물어보려다가 관뒀다. 사장은 질문에 제대로 답해주는 법이 거의 없었다.

주말에 배는 바다로 나갔다. 사장은 육지가 가물거려 보일 즈음 배를 세웠다. 뒤이어 갑판에서 드라이슈트를 입고 웨이트벨트, 마스크, 호흡기를 차례대로 착용했다. 갑판 난간에 엉덩이를 댄 뒤, 그대로 넘어갔다. 그는 늘 30분에서 40분 뒤에 돌아왔다. 고리에 매단 그물망은 늘 가득 차 있었다. 곱창 밴드, 안경, 칠이 다 벗겨진 반지나 팔찌, 혹은 포장지가 빵빵하게 부푼 초코파이 같은 것. 사장은 그것들이 누군가의 뼈라도 되는 듯 아주 조심스럽게 다뤘다. 마른 천으로 정성 들여 닦은 뒤 찬장 한쪽에 넣어두었다.

"너도 들어갈래?"

사장이 질문한 날 우재는 오래도록 한자리에 서서 침을 삼켰다. 사장이 그의 표정을 살피더니 말했다. "싫으면 말아. 맨날 빤히 쳐다보기에, 들어가고 싶나 했어." 우재는 고개를 끄덕였다. 사장은 이미 몇 차례 비슷한 질문을 던졌었다. 그때마다 거절했지만, 이번에는 조금 다른 대답이 나왔다.

"오늘은 말고요. 다음에요."

사장이 호흡기를 입에서 떼고 우재를 보았다. "자신이 있나 보지?" 우재는 잠시 웃었다.

"저 잠수는 진짜 잘해요. 사장님보다 나을지도 몰라요. 예전에 사람들 가르치기도 했었어요."

사장이 흠, 소리를 내더니 다시 호흡기를 물었다. 그가 잠수한 후에도 우재는 난간을 붙들고 서서 오랫동안 공기방울을 지켜보았다. 처음에는 큼직하게 부풀던 방울이 조금씩 쪼개지면서 옅고 부드러운 물결로 변했다. 아까 냈던 자신의 웃음소리가 계속 귓속에서 맴돌았다. 그것이 아주 어색하게 느껴졌다.

이튿날 우재는 늦잠을 잤다. 오래간만에 있는 일이었다. 술집으로 내려가니 단내가 훅 풍겼다. 사장은 가스레인지 앞에 서 있었다. 긴 국자로 무언가 휘젓는 중이었다.

"뭐예요?"

"팥죽 끓여."

우재는 그의 등 뒤로 다가섰다. 큼직한 냄비에서 붉은 죽이 부글부글 끓고 있었다. 사장이 말했다.

"오늘이 동짓날이거든."

우재는 사장이 전에 했던 말을 곱씹었다. 개중 한 단어가 맘에 걸렸다.

"악귀를 쫓으려고 만드는 음식이라고 하지 않았어요?"

"어, 그런데 왜?"

"그…… 어, 우리 술집에선 만들면 안 되는 거 아니에요?"

사장이 국자를 든 채 돌아섰다. 또 한 소리 들을까 싶어 어깨를 움츠렸지만, 막상 마주한 얼굴은 웃고 있었다.

"애도 아니고. 귀신 같은 걸 믿어?"

말문을 잃은 우재를 앞에 세워두고, 사장은 또다시 동지의 전통에 관한 설명을 늘어놓았다. 뒤이어 냉장고를 열고 미리 만들어둔 듯한 새알심을 꺼내왔다.

수평선으로 석양이 뉘엿해질 무렵 사장은 갑자기 코트를 걸쳤다. "오늘은 나 혼자 저녁 먹을 거야. 냉장고에 죽 넣어놨으니까 먹어." 이제껏 한 번도 없던 일이었다. 우재는 어깨를 으쓱이고 고개를 끄덕였다. 사장은 목도리를 두르고 모자까지 썼다. 문을 나서던 그가 앗, 소리를 내고 다시 바로 돌아왔다. 찬장에 붙여둔 제조법 종이 맨 위쪽을 가리키며 말했다.

"네가 만든 것 중에 말이야. 그래도 이게 그나마 먹을 만하더라. 이걸 만들어."

"지금 만들라고요?"

"아니, 이따가 손님 오면. 난 오늘 늦게 들어올 거야."

사장은 손을 흔들고 술집을 떠났다. 홀로 남은 우재가 텅 빈 술집을 둘러보았다. 반 시간 후면 문을 열어야 했다. 늦게 들어온다는 사장의 말은 일종의 엄포처럼 들렸다. 오늘 술집은 온전히 우재의 책임 아래 있다는.

우재가 찬장에 붙여둔 제조법 종이를 보았다. 사장이 짚어준 항목은 맨 위에 있었다. 확실히 여러 번 연습해본 술이긴 했다. 술과 토닉워터, 각얼음만 있으면 만들 수 있었다. 그러나 술을 파는 것은 전혀 다른 일이었다. 게다가 우재는 자신이 만든 술을 맛본 적도 없었다. 대체 어떻게 하란 말이야. 툴툴거리며 돌아선 우재는 잠시 멈춰 섰다. 사장이 한 말이 머릿속을 스친 탓이었다.

기회는 있어.

그날 우재는 기회가 뭐냐고 묻지 않았다. 무얼 들어도 믿을 수 없으리라고, 혹은 그저 헛된 기대만 하게 되리라고 생각했기 때문이다. 그러나 이곳에서 그는 많은 것을 보았다. 떨어졌다가도 다시 돌아간 귀, 혈색 없던 낯빛이 차차 환해지는 순간, 어느새 사라진 상처와 흠집들 같은 것. 그게 가능하다면, 지금 생각하는 것도 가능할지 몰랐다.

우재는 우선 찬장에서 술병을 꺼냈다. 손이 계속 떨려 병목을 꽉 쥐어야 했다. 냉동고 속 얼음은 충분한지 확인하고 냉장고 문을 열었다. 맨 위 칸에 아까 보았던 냄비가 있었다. 뚜껑에는 노란 포스트잇이 붙은 채였다.

우재는 그것을 소리 내어 읽었다.

팔팔 끓여서

양껏 나눠 먹을 것.

뚜껑을 열자 이미 식은 팥죽이 보였다. 우재는 그것을 다시 가스레인지 위에 올려놓았다. 아까 흘려들은 사장의 말이 떠올랐다. 한 해 중 밤이 가장 긴 날, 이제 다시 서서히 길어질 낮을 기다리며 먹는 음식에 어떤 의미가 있겠느냐고. 사장은 새알심 반죽을 팥죽에 넣으며 말했다. 이건 부활을 뜻하는 거야. 좋은 뜻이지? 좋은 것만 믿어. 네 나이 땐 그래도 돼.

문 두드리는 소리에 우재가 제자리에서 펄쩍 뛰었다. 노크는 느리게, 꽤 긴 간격을 두고 이어졌다. 우재는 바 위에 올려둔 술과 음료수병을 보았다. 그 옆에 올려둔 빈 잔을 한 번 더 광이 나게 닦고서는 바 바깥으로 나갔다. 한 번 더 노크 소리가 났다. 소리에 반응하는 듯 심장이 쿵쿵거렸다. "지금 나가요." 우재는 말했다. 느리고 조심스럽게, 바깥에 있는 사람이 부딪히지 않도록 문을 열었다. 거기 사람이 있었다.

아는 얼굴이었다.

나의 첫 번째 유령

처음 유령을 본 건 열여덟 살 때다. 그땐 기숙사에 살았다. 나를 비롯한 여자애들이 약 150명 정도 사는 기숙사였다. 넓은 방의 양쪽 벽에 여덟 개의 직사각형 옷장이 늘어섰고, 그 사이로 작은 책상이 놓여 있었다. 문과 마주하는 벽에는 통유리 창이 있어 건너편 도서관을 볼 수 있었다. 도서관 건물과 창틀 사이의 좁다란 공간으로 종종 달이 보였다.

고등학교 생활이 어땠더라? 열일곱에는 아주 힘들었고, 열여덟은 좀 살 만해졌고, 열아홉에는 많은 곳에 마음이 열렸다. 친구라 할 이들이 늘어나고 여덟 개의 옷장과 책상에 적응하면서, 도서관이며 예배실 따위에 정을 붙이면서 그랬을 거다. 한때는 공포영화 속 병원처럼 보이던 합동 샤워실이나 어둑진 복도가 친숙해졌고, 이방인 아니면 외계인처럼 보이던 소녀와 소년 중 몇몇과는 고민을 터놓는 사이가 됐다.

이 유령과는 열여덟 살 때 만났다. 그러니까 힘겨웠던 열일

곱과 모든 게 부드러워지던 열아홉 사이, 그러니까 분명 마음 어딘가가 바작바작 타들어가면서도 한편에선 애정이 피어오르던 시기에 말이다.

　당시 나는 창가에서 두 번째로 가까운 곳에서 잠을 잤다. 창문 바로 옆자리는 안경 쓴 여자애 차지였다.

　열여덟의 나는 아주 피곤할 때면 옆으로 굴러가는 잠버릇이 있었다. 엄마가 오배자로 염색해준 먹색 요와 할머니가 준 붉은 이불을 벗어나 창가로 굴러갔다. 안경 쓴 여자애는 종종 나를 흔들어 깨웠다. 너 또 굴러왔어. 네 자리로 돌아가. 나와 그 애는 서먹한 사이였으나, 그가 밤중 건넨 말만은 지구가 위성에 내민 말처럼 퍽 상냥하게 느껴졌다.

　가을이었을 거다. 정확히 말하면 여름에서 가을로 넘어가는 때였다. 돼지 무늬 잠옷을 입고, 점호가 시작되고, 내 이름이 불리고, 불이 꺼지고, 애들끼리 몇 마디 속삭이다가 곧 잠들었다. 스르르 눈을 감았다가 뜨니 어느덧 새벽이었다. 나는 옆자리에 또 굴러와 있었다. 창가 바로 옆까지!

　거기까진 종종 겪는 일이었다. 옆자리에 누가 앉아 있다는 사실만이 평소와 달랐다. 내 옆에 앉은 이는 창가를 등지고 있었고, 그 탓에 실루엣만 보였다. 곱슬곱슬한 단발의 그림자만 뚜렷이 볼 수 있었다. 실루엣은 나를 지그시 내려다보고 있었다. 한 손으로 내 머리카락 한쪽 끝을 조심스럽게 매만지는 중이었다.

나는 눈을 깜빡였다. 아직 잠에 취한 머리가 상황을 간단하게 정리했다. 나를 깨우기 미안해서 머리카락을 만지고 있었구나. 정말 새벽엔 다정하게 구네. 나는 웅얼거렸다. 또 굴러왔지, 미안해. 다시 돌아갈게. 그리고 데굴데굴 내 자리로 굴러가 곤히 잤다.

이튿날 아침 나는 안경 낀 여자애에게 사과했다. 나 또 굴러갔지? 미안해. 그 애는 낮답게 쌀쌀맞은 얼굴로 말했다. 무슨 소리야? 나는 어젯밤 내 머리를 조심스레 만지던 손길에 대해 말해주었다. 여자애는 말했다. 나 어제 한 번도 깬 적이 없어. 꿈꾼 거 아냐? 나는 그제야 안경 쓴 여자애의 머리가 새벽에 본 것만큼 짧은 단발이 아니며, 곱슬기도 없다는 사실을 깨달았다. 우리 방에 그런 머리를 한 여자애는 한 명도 없었다. 흠. 나는 가방을 챙기며 생각했다. 그럼 내가 유령을 봤나 보군…….

이전에도 유령 비슷한 것을 보긴 했다. 한밤중에 개밥을 주러 나가다가 마주친 흰 그림자(엄마는 벌레일 것이라고 했다)나 아무도 없는 샤워실에서 몸을 씻던 중 지나가던 소리(친구들은 기분 탓이라고 했다) 같은 것. 그러나 이토록 뚜렷한 형태를 만난 건 처음이었다.

이후 사람들과 유령 이야기를 나눌 때면, 나는 슬쩍 그 애의 이야기를 꺼내곤 했다. 다만 이상하게 무섭지 않았더라는 말도 덧붙였다. 아마 나와 비슷한 나이대로 보여 그런 것 같다고 했다.

무엇보다 내 머리를 만지는 손이 정말로 조심스럽고 신중했는데, 아무리 생각해도 그 손길에 남은 건 부드러운 배려였노라고.

지금도 아리송하다. 그 애는 누구였을까? 꿈이었을 수도, 잠결의 환각일 수도 있지. 그러나 나는 그를 내 첫 번째 유령이라 정해두었다. 그에게 괜히 마음이 가기 때문이다. 나와 동갑내기로 보이던 꼬마 유령. 이만큼 시간이 지났는데, 그는 어른 유령이 되었을까? 만일 그렇게 되지 못했다면, 그저 자신이 맞이하지 못한 미래를 그리며 천천히 흐릿해졌을까? 그 애의 정체만큼이나, 그의 미래도 나는 알 수 없다. 어느 한순간을 그려볼 수 있을 뿐이다.

맨 처음 이 소설을 끝냈을 때(그 후에 잔뜩 고쳐 써야 했지만!)는 4월 중순의 저녁이었다. 동네 카페에 앉아서 내가 그려본 순간들을 조금씩 곱씹어보았다. 바다, 배, 꼬마들, 다이버들, 그리고 누군가 생애 처음으로 마셨을 술의 맛에 대하여. 그들이 앞으로 마주할 풍경이나 지나온 궤적들을 나는 역시 모른다. 상상할 수 있을 뿐이다. 그러기 위해서는 느리게 손을 내밀어야 한다. 나의 첫 번째 유령이 그랬던 것처럼. 모쪼록 이 손이 부드럽게 다가갈 수 있다면 좋겠다.

함윤이